몇 개의 문답과 서른여섯 명의 시인과 서른여섯 편의 시

비정간 시평(詩評, *SIPYUNG*) 55호 《아시아 포엠 주스》 1

몇 개의 문답과 서른여섯 명의 시인과 서른여섯 편의 시

모아엮은이 **고형렬**

먼 나라의 시인들과 소통하는 작은 걱정의 시

시인들은 요즘 어떻게 지내고 있을까. 집을 나와서 혼자 살고 있을까. 아직도 가족과 함께 살고 있을까. 어디 아픈 곳은 없고 시는 잘 써지는지. 궁금하다. 어떤 분은 이제 우리 사회에 시인은 없다고 말한다. 시인들이 어디로 가버렸다는 말이 정말일까.

시의 흐름은 끊어지고 시혼은 타버리고 냉기만 남은 것일까. 논쟁과 화제가 없는 문단은 서로 부르지 않고 찾지 않는다고 한다. 시가 떠들썩한가 하면 그런 것도 아니다. 비명을 지르고 대곡하는 시도 없는 것 같다. 반향도 없다. 한 세기가 풍장(風葬)되어야 궁한 언어가 살아나 피어날 것인가.

정보의 홍수 속에서 세상은 적막하고 사회는 관료화했다. 숲은 탄소가 부족해지고 사회는 산소가 부족해졌다. 시는 사라진 곳에 뭔가 불길한 것들이 찾아오고 있다. 그러함에도 시인들로부터 한 편씩의 시를 받아 실었다. 그렇다고 시의 가치가 변하는 것도 아니고 시가 예

언이 되고 별이 되는 것도 아니다.

또 서른한 명의 시인에게 다섯 가지씩의 간단한 질문을 던져 모두 150가지의 답을 받았다. 〔문 4〕의 질문은 어쩌면 가장 어려운 질문일 수 있다. 시인들의 말을 들어보면 여전히 벅찬 시의 일심(一心)이 전해진다. 시를 쓰는 그 이유가 독자의 마음을 흔들 것이라 믿는다. 어려움 속에서 피어난 꽃은 작아도 '자기'의 열매는 단단하리.

하지만 인적이 없는 도시의 저녁, 전쟁에 대한 불안, 청년들의 방황, 아이들의 목소리가 들리지 않는 골목길 그리고 수소불화탄소의 증가, 밀림 파괴와 개발, 고온과 폭양, 빙하의 소멸, 남극의 강우, 원전 지역의 불안 등 모든 곳이 뜨거워지고 있다. 세기말 증상들이 팔십 년을 앞당겨 나타나는 것일까. 이는 더 나은 세상으로 이행하는 과정일 리가 없다.

지구가 종말을 고하는 데는 채 한 달도 걸리지 않을 것이다. 영혼 속의 행성이 점멸(漸滅)되는 것 같은 순간들이 있다. 혼란 속에서 시는 비명도 지르지 못한다. 해는 지고 싸늘한 능선만 우리 눈을 비추고 있는가. 우리가 길을 잘못 들어선 것일까. 뼈와 영혼이 말라버린 것일까.

세계의 지성과 윤리가 사라진 대량 생산과 소비 사회는 바다의 고통쯤은 아랑곳하지 않는다. 〔문 5〕처럼 시가 핵폐수의 해양 투기에 대한 시인들의 대답은 다양했다. 우리는 지난 세기에 사람들의 머리 위에 핵무기를 투하했고 금세기엔 바다에 핵폐수를 투기하고 있다. 우리는 모두 공범자가 되었고 서로 묵과하고 있다. 무지와 치마(馳馬)의 시대이다.

시는 이런 것을 모두 걱정해야 하는 장르가 되지 못한다. 더구나 우리가 쓴 시를 누가 읽고 공감할 것인가. 오지 않는 시를 부르지 않으며 부재의 고도도 기다리지 않는다. 문학은 현실의 실체를 껴안을 수 없는 기억일 뿐인가. 문학은 우리 내부에서 재생을 위한 지루한 소멸의 과정을 더 겪어야 하는가. 시는 의지나 닻이 아니고 오히려 표류이고 방황인가.

어떤 경우에도 시는 마음의 오염을 정화하고 자신을 치유하는 길을 간다. 풀빛 하나와 바람 한 자락에 자기 언어의 옷을 입힌다. 다른 것을 할 수가 없다. 그래도 송백이 혼자 푸를 수 없는 까닭에 시는 내재적 초월을 꿈꾼다. 그 시인들의 마음을 만나고 싶어 작은 앤솔러지를 만든 셈이다.

더불어 관북의 함형수, 김기림, 이용악, 윤동주, 설정식의 시를 다시 읽는다. 다섯 편을 하나의 정신 구조로 보고 '이어짜기'를 하면서 의도하지 않았지만 한 편이 시처럼 되었다. 우리는 만나지 않기 위해 헤어지는 것이 아니고 어느 지평선의 석양에서 다시 만나기 위해 헤어진다. 물론 다시 만나지 못할 수도 있다.

이 앤솔러지엔 시를 사랑하는 뜻 외에 다른 것은 없다. 시 심부름꾼을 자처하며 성과 공을 들였지만 부끄러움을 참고 엮었다. 참가한 아시아와 한국 시인 그리고 번역자에게 감사의 말을 전한다. 점점 밝아지고 빨라지면서 점점 좁아지고 바빠지는 광속의 일상 속에서 시가 언어로 얻은 한 잔의 주스라도 되길 바란다.

이 책은 무크 앤솔러지로서 2000년에 창간한 계간 『시평(詩評), SIPYUNG』54호의 뒤를 잇는 비정간 '아시아 포엠 주스'임을 밝힌다.

차례

Taiwan(대만臺灣) 시편

Viet Nam(베트남) 시편

먼 변방의 관북 시인들

관북시인 5인선

* 나라 순서는 알파벳 순으로 하고 시의 순서는 작품명의 한국어 가나다순으로 편집했으며
  관북 시인의 경우는 작품 발표 연도순으로 했음.

비정간 앤솔러지:
《아시아 포엠 주스》

몇 개의 문답과
서른여섯 명의 시인과
서른여섯 편의 시

China(中國)
중국 시편

번역
박남용(시인 · 한국외대 미네르바 교양대학 조교수)

가을 풍경(秋日即景)

위젠(于堅)

오셨어요, 국왕님

면류관 말과 기사가 남쪽을 향하여

깃발이 거대한 수레에 펄럭이며

대관식이 위풍당당하게 의장대가 맞은 편에서

바람따라 서로 거리를 두고 모여드네 사령관 깃발이 와서 수레를 몰며

분분하게 흩어졌다 모이네 그 위아래 알록달록하네

갑옷과 투구로 마른 가지를 꺾어 창이 부러지고 견실한 과일이 구르네

낙엽이 산비탈을 휩쓸며 황금이 온땅에 가득해도 줍는 사람이 없네

돌덩이는 제자리에서 움직이지 않고 까마귀는 흐르는 물을 위해 노래하네

내가 말한 것은 윈난(雲南) 어느 곳의 은행나무숲

기쁜 소식 가을은 그곳에서 제위에 올랐구나

강한 쇠뇌 활끝에는 미정(美政)을 위해 어찌 충분하겠는가

나는 은나라 대부 팽함(彭咸)이 사는 집에서 덕으로써 원한을 갚

으리

아름다운 대지의 정치는 휘황 찬란하네

성대하지만 허된 영화라서 모든 것을 상관하지 않네

용속적인 승과 부도 아니며

누가 혼자서도 성취할 수 있는 것이 아니며

족함을 알고 항상 즐거워하며 죽음은 공명정대하다

조용히 정의로 나아가며 생명은 막 뒤에서 새로운 축제를 준비한다

한바탕 비가 내리니 바로 겨울 이 땅은 벌거벗으리라

– 2022년 10월 9일

위젠(于堅)
중국 쿤밍(昆明)에서 태어났다. 시집 『시60수(詩六十首)』『만유(漫遊)』산
문집 『위젠이 말한다』『쿤밍기(昆明記)』등을 출간했다. 루쉰문학상. 독일
어 번역본 시선집 『0파일』로 아시아·아프리카·라틴아메리카 우수 문학
작품 최우수상을 수상했다.

몇 가지의 문답,
위젠이 말한다

문1 이번에 한국에 발표하는 시 「가을 풍경(秋日卽景)」은 어떻게 얻은 것입니까?

위젠 작년 가을에 내 고향 윈난(雲南) 고원 들판에서 다시 한번 은행나무를 보고 느낀 바가 있어 쓴 것이지요.

문득 그것을 보고 이 금빛 큰신(大神)이 리장(麗江) 위룽설산(玉龍雪山) 서쪽 산비탈에 서서 내가 처음으로 그것을 본 것 같은데(우리 대학—윈난대학에서) 본 것은 동일한 나무였지요. 두 그루 나무가 40년, 500Km 거리를 두고 있습니다.

머리에 언어들이 솟아올랐는데, 핸드폰으로 이 시의 초고를 썼습니다. 그런 후에 집에 돌아와서 컴퓨터로 수정하며 완성했지요.

문2 이 시에서 당신이 가장 좋아하는 구절은 어디입니까? 독자에게 한 구절을 보여주십시오.

위젠 없습니다. 구절마다 모두 내가 쓴 것이니까요.

문3 당신의 시와 AI 문명과 매우 밀접한 관계가 있다고 생각하나요? 그렇지 않다고 생각하나요?

위젠 내 시는 과거의 시의 연속인데, 이런 시는 갑골문(甲骨文) 시대에서 존재했었지요.

문4 왜 계속해서 시를 쓰시는지요? 한마디로 알려주시면 감사하겠습니다.

위젠 이 일은 나를 기쁘게 하기 때문입니다.

문5 생태환경 파괴와 오염 문제는 인류 생존과 직접적으로 연관된 문제입니다. 일본 후쿠시마(福島) 핵폐수는 영구히 지하에 묻어야 할까요? 바다로 내보내야 할까요? 당신은 어떻게 생각하십니까?

위젠 나의 시 한 편으로 대신 답변하겠습니다.

동쪽으로 제스(碣石)에 이르러 푸른 바다를 본다
물결이 왜 넘실거리는지 산과 섬이 놀라 우뚝 솟아 있다
나무들이 빽빽이 자라고 온갖 풀들이 무성히 자라난다
가을 바람이 소슬하게 부는데 거친 파도가 솟구친다
해와 달이 운행하며 그 속에서 나온 것 같구나
은하수가 찬란하게 빛나는데 그 안에서 나온 것 같구나
다행히 너무 좋아 뜻을 읊으며 노래하네
　　– (차오멍덕(曹孟德), 「푸른 바다를 보며」)

그렇구나 대해는 연로하여 초연한 마음을 가지고 있으니
우리는 옛날부터 신앙처럼 믿었네

15

2023년 8월 24일 13시

상서롭지 않은 시각, 시간이 시작되었다

갑문을 열다, 죽음의 국물(湯)

악마의 재물을 모으는 병 (핵오염수 삼중수소

안에 포함된 64종의 핵방사성 물질을 포함)

허가증을 얻어 일본 섬에서

동방을 뛰어넘어 대해를 향하여 솟구쳐 간다

조용한 병원

간호사와 쇼핑자가 지하철을 타고 집으로 돌아간다

아, 데이터의 액체

화학수업의 숙제

소금을 빼앗는 자의 공포

가을에 마지막으로 비가 내린 후 기준에 도달한다

모더니즘의 정맥 주사

좌파와 우파가 일치하여 동의한다

소금은 회색이거나 시체색

두 가지 색깔을 가질 수 있다

또 한 걸작이

마침내 영원한

낡은 형식을 소멸시킨다 (짜다)

"최고 좋은 것은 물과 같다(上善若水)"

노자의 진리가 유행에 뒤떨어졌다

과학이 승리하고 미가 실패했다

새로운 소식

위대한 계산 방식이 새로운

불안을 가져왔다 할머니들의 보잘 것 없는

걱정이 주방에 널리 퍼졌다

장차 어떤 일이 발생할까 바다가 변하고 있다

"안녕, 자유의 원소여

이것은 그대가 마지막 한 번 내 얼굴 앞에서

쪽빛 파도를 일렁이고

자랑스러운 아름다움을 빛내는 것이구나"

　　－「바다의 요절(海殤)」 전문

필자 주) 끝부분은 푸쉬킨의 시 「바다에게(査良靜 역)에서 인용함.
　　－2023년 8월 26일

잠깐, 시인의 사진

당신이 자주 찾아가는 그곳(골목, 아이들, 시장, 호수, 책방)은
당신에게 어떤 곳이며 어떤 시상을 던져줍니까.

덴츠(滇池)입니다. 여기는 내 고향 쿤밍(昆明)의 호수(담수호)인데요, 내가 태어나자
마자 그곳의 물을 마셨지요. 불행이 1980년대에 심하게 오염이 되어 장시「덴츠를
애도하며(哀滇池)」를 써서 그것을 애도한 적이 있습니다.

고대에는(在古代)

자이융밍(翟永明)

고대에는, 나는 이렇게 할 수밖에 없었다
그대에게 편지를 써도, 내가 다음에는
어디에서 만날 수 있을지
몰랐다

현재에는, 그대의 우편함으로 가서
뭇별들을 쏟아부어, 그것들은 다섯 가지 자형
그것들이 일어나서, 그대를 위해 내달리며
그것들은 천상의 어느 곳에 정박해도
나는 관심이 없다

고대에는, 청산이 엄격히 존재해서
푸른 물이 그의 발 아래 취하여 쓰러질 때
우리는 주먹을 감싸쥘 뿐 피차
다음에 또 만날 것을 알았다

현재에는, 그대는 천상에서 날아 왔다갔다 하며
뭇별이 온하늘을 내달리며 그대를 만나도 아픈 곳을 만난 것처럼
그것들을 무수히 기워 가는 것처럼 차단한다
하나의 남색 스크린 그것들은 히스테리를 일으키지 않는다

고대에는, 사람들이 시를 얼마나 썼을까?
라오산(嶗山) 도사로 변할 수 있을까 담장을 뛰어넘고
공기를 가르며 다시 죽엽청을 뚫고 갈 수 있을까
그대를 부여잡고 더 많을 때
그들은 머리가 깨져 피흘리며 쓰러져 일어나지 못한다

현재에는, 그대가 전화번호를 걸어
그것이 만 가지 맛을 보내고
그것이 어느 사람의 몸의 향기(體香)를 불어넣어
어느 부위가 떨고 있을 때 전세계 모두 떨고 있다

고대에, 우리는 이렇게 하지 않았다
우리는 어깨를 나란히 말을 채찍질하며 몇십리 나갔을 뿐
귀고리가 딸랑딸랑 울리며 그대가 살며시 미소 짓으며
고개 숙이는 사이 우리는 또 몇 십리 나아갔다

자이융밍(翟永明)
중국 쓰촨 청두(成都)에서 태어났다. 시집 『여인(여인)』, 『큰거리에서 전
해 오는 선율』 산문집 『결국 유행이 지나갈 거야』 등 출간했다. 이탈리아
'Ceppo Pistoia' 국제문학상을 수상했다.

몇 가지의 문답,
자이융밍이 말한다

문1 이번에 한국에 발표하는 시 「고대에는(在古代)」은 어떻게 얻은 것입니까?

자이융밍 2004년 독일에서 이 시의 영감을 얻었습니다.

문2 이 시에서 당신이 가장 좋아하는 구절은 어디입니까? 독자에게 한 구절을 보여주십시오.

자이융밍 "고대에, 우리는 이렇게 하지 않았다"

문3 당신의 시와 AI 문명과 매우 밀접한 관계가 있다고 생각하나요? 그렇지 않다고 생각하나요?

자이융밍 전혀 관계가 없습니다.

문4 왜 계속해서 시를 쓰시는지요? 한마디로 알려주시면 감사하겠습니다.

자이융밍 그와 같지 않으면 안 되기 때문에, 이런 쓸데없는 일로, 무료한 인생을 보내기 위한 것입니다.

문5 생태환경 파괴와 오염 문제는 인류 생존과 직접적으로 연관된 문제입니다. 일본

후쿠시마(福島) 핵폐수는 영구히 지하에 묻어야 할까요? 바다로 내보내야 할까요? 당신은 어떻게 생각하십니까?

자이융밍　내 자신이 제3의 가능성을 생각해 본 적은 없습니다. 이 두 가지 방식 모두 인류에 대해 엄청난 위험을 끼치고 있다고 생각합니다.

잠깐, 시인의 사진

당신이 자주 찾아가는 그곳(골목, 아이들, 시장, 호수, 책방)은
당신에게 어떤 곳이며 어떤 시상을 던져줍니까.

내기 자주 가는 곳은 내 손으로 직접 만든 '문예공간—백야(白夜)'입니다. 25년 동
안에 나는 2시에 한결같이 집과 백야 사이를 왔다 갔다 운동하고 있습니다. 이 두
곳은 나의 정신적 서식처입니다. 사진은 25년 전 약 18평(60㎡) 남짓한 작은 '백
야' 공간에서 낭송회를 개최할 때 찍은 것으로 시를 낭송하는 시촨(西川) 시인입니
다.

디쟈오창(递角場)
- 소동파(蘇東坡) 선생에게

황리하이(黃禮孩)

대륙의 남쪽 푸른 하늘에 부는 바람, 드높은 흰구름

역사의 파편이 은백의 해수욕장에 펼쳐 놓은 것처럼

슬픔과 황량함을 생육하는 것처럼 적막한 이곳

마치 새로운 피해자의 도래를 기다리는 것처럼

자술할 필요도 없고, 바닷물에 호소할 수도 없네

디쟈오창의 소금, 더욱 삼키기 어려운 쓴맛을 바싹 졸인다

한나라 때 해상 무역, 그 번화함이 발 아래의 토지에 피어났는데

쉬원(徐聞), 지금까지 디쟈오창이란 주소를 말하는 사람도 드문데

송나라의 그 봄이 상상력조차도 약탈당했는지

무수한 황혼이 대해 속에 매장당하며, 이 짓푸른 기상은

침몰한 배가 있는 그곳에 보이지 않는 바닷속 보물들처럼

여기서 외도(外島)로 가면 오리무중, 동생 소철(蘇轍)과 여기에서 이별하네

이 절망 속의 즐거운 모임, 이 인류가 영원히 남긴 슬픔과 기쁨이

마침내 여기에서 엇갈렸으니, 시간은 다시 해체되고, 운명의 독촉처럼

해랑의 칼날이 무수한 흰 포말을 드러냈으니, 공포의 눈으로 모든 것을 응시한다

바다를 건너 건너, 당신의 명성이 온 하늘가에 두루 퍼졌으니

별들이 총총한 곳, 바로 늙어 죽는 땅이었네

풍토병과 바다기운으로 생명의 새로운 활달함이 솟구쳤으니

도롱이를 쓰고 이미 그대는 자유의 원소가 되었네

차가운 비를 막으며, 출발하며, 평온해지며, 심지어 미지의

이 태평양의 밤, 디쟈오창 달빛이 오래된 카니발 축제처럼

이처럼 강개한데, 그것은 심지어 당신의 마지막 무기였네

보이는 사람도 없으니, 누가 증여할 필요도 없네

내일 바다에 파도가 거칠지 않을까, 영원히 영광스러운 날이 없네

쉬원의 후예가 되어, 나는 문자에서 당신이 이른 디쟈오창을 접하며

호랑이가 다녔다는 흔적 사이로 들꽃이 무성한 땅에

소동파 당신이 고난의 배에 오르는 것을 전송하는데, 폴란드 시인

체스와프 미워시(Czesław Miłosz)

당신들은 세대를 넘긴 절친한 친구, 나는 그의 시문으로 그대를 송별하네

지난 날의 자신을 생각하며, 부끄러울 필요도 없네

내 몸이 가벼워지며, 조금의 고통도 없이

고개 들어 멀리 바라보며, 검푸른 대해 위에서 깜빡거리는 흰돛을 본다

2023. 7. 12

황리하이(黃禮孩)
중국 광동성 쉬원현(徐聞縣)에서 태어났다. 시집 『나는 운명에 대해 아는 것이 거의 없네』 『누가 번개보다 더 빨리 달리는가』 등 을 출간했다.

몇 가지의 문답,
황리하이가 말한다

문1 이번에 한국에 발표하는 시 「디쟈오창(遞角場)」은 어떻게 얻은 것입니까?

황리하이 이 시는 2023년 7월 23일 광저우에 쓴 것으로, 송나라 시인 소동파이 해남도도 유배갈 때 바다를 건너기 전의 내용에 대해 쓴 것입니다. 소동파는 본인의 고향 쉬원(徐聞)에서 바다를 건넜는데, 해남으로 직을 받고 가는 길이었습니다. 디쟈오창에서 동생 소철과 이별하는 장면은 여기에서 좀 더 이야기를 펼쳐본 것입니다.

문2 이 시에서 당신이 가장 좋아하는 구절은 어디입니까? 독자에게 한 구절을 뽑아주십시오.

황리하이
"이 태평양의 밤, 디쟈오창 달빛이 오래된 카니발 축제처럼
이처럼 강개한데, 그것은 심지어 당신의 마지막 무기였네"

문3 당신의 시와 AI문명과 매우 밀접한 관계가 있다고 생각하나요? 그렇지 않다고 생각하나요?

황리하이 나의 시에는 인공지능이 가져올 수 있는 영향을 언급할 수 있는데 창작과 매우 밀접한 관계는 없습니다.

인공지능 글쓰기는 공문 등의 업무가 있는 일에 쓸 수 있지만, 시쓰기는 간단하면서도 유형화된 모식화한 경우에만 가능할 것입니다.

시는 복잡하면서도 비약적인 사유인데, 최저한도에서 인공지능은 스스로 각종의 기괴한 꿈을 꿀 수 없을 것입니다.

문4 왜 계속해서 시를 쓰시는지요? 한마디로 알려주시면 감사하겠습니다.

황리하이   시 쓰기는 자아 생명에 대한 갱신이며, 자연성과 인성에 대한 포용입니다.

문5 생태환경 파괴와 오염 문제는 인류 생존과 직접적으로 연관된 문제입니다. 일본 후쿠시마(福島) 핵폐수는 영구히 지하에 묻어야 할까요? 바다로 내보내야 할까요? 당신은 어떻게 생각하십니까?

황리하이   분명히, 일본은 이미 해답을 내놓았습니다. 다른 길이 없는 조건 아래에서 가장 대가가 작은 선택을 했습니다. 양심과 과학적 실험을 믿을 수밖에 없습니다.

과학 기술과 생존의 요구를 따라 인류가 창조해낸 것이 갈수록 많아져서 적지 않은 것이 파괴적인 것을 가져온 것입니다. 공업혁명이 생산한 이래 인류는 매일 자아 파괴적인 길을 향하여 미친 듯이 달려가고 있습니다.

시가 그것을 막을 수 없을 지라도 사랑의 정신이 나름의 역할을 하길 희망합니다.

잠깐, 시인의 사진

당신이 자주 찾아가는 그곳(골목, 아이들, 시장, 호수, 책방)은
당신에게 어떤 곳이며 어떤 시상을 던져줍니까.

어느 날의 광저우 거리입니다.
왼쪽부터 시인 황리하이(诗人黃礼孩), 화가 종시(仲思),
문학사학자 인지난(尹吉男), 시인 지아리(嘉励), 큐레이터 장웨이(张委) 씨.

어머니 마리아 라이스 양의 노래
(一首母親瑪利亞賴斯小姐之歌)
– 나의 어머니에게(給我的母親)

얌꽁(飮江) / 홍콩

라이스 양의 피아노 치려는 손이 무겁게 건반 위에 놓여
카리브해부터 황해 해변까지
미시시피강 콩고강 나일강이
아름다운 피아노 소리에 흐르고 있다
각지 사람들 모두 다른 소리 음악 소리가 jam(혼잡하게) 들어가며
다른 리듬이 선회하며 평행하게 뒤섞여 기복이 남아
많은 손들이 반죽을 비비고 전병이 발효나 발효가 없는 것 같은데
사람들은 라이스 양이 피아노 치는 손인지 모른다
약간의 차이로 손이 닿자마자 대폭발 대변화가 일어나며
하느님이 내려와서 그녀에게 이렇게 말한다
"전에는 내가 너에게 말하지 않았지
후에도 모두 말하지 않았지만
그대가 건반을 친 뒤에는
그대가 하느님을 좋게 말하지 않았지 나는 그때 알지 못했지
내가 현재 증명할지라도
그대가 확실히 알지 못할 거야"
이것이 우리가 라이스 양을 만난 일이다
피아노를 치며 얼굴 가득 눈물 흘리는 원인을

본 사람들 들은 사람들 감동이 그치지 않았는데
그대가 알고 있기 때문이다 친구여
어머니 마리아는 이렇게 노래 부르며 이렇게 말했지
Let it be, Let it be (내버려 두세요, 내버려 두세요)
내일 뒤에는
내일 전이 반드시 있으니까요
이것이 은혜인 것처럼
오, 이것은 은혜인 것 같아요

(2005)

얌꽁(飲江)

홍콩에서 태어났다. 70년대 신시 창작을 시작함. 시집 『이에 돌을 옮겨
고양이를 숨겨 주며 그대는 거리를 따라 명절의 등불 장식을 본다』를 출
간했다.

몇 가지의 문답,
얌꽁이 말한다

문1 이번에 한국에 발표하는 시 「어머니 마리아 라이스 양의 노래(一首母親瑪利亞賴斯小姐之歌)」는 어떻게 얻은 것입니까?

얌꽁 20년 정도 된 시이다.(2005) 그때 어머니가 살아 계셨는데 마치 그녀도 자신이 뇌퇴화증을 앓고 있다는 것을 아셨는데 집에서 한가로이 이야기하는데 자주 중복해서 말씀하셨다.

내버려 두세요, 내버려 두세요! 어머니가 습관처럼 신신부탁한 당부였지요.

"네가 다른 사람에게 충분히 존중을 받으려면 그럴 수 있어! 내버려 두세요, 내버려 두세요. 신이 문을 닫으면, 창문을 열거야. 무엇을 고민하는 거야. 그것을 내버려 둬, 그것을 내버려 둬"

그녀 자신은 몰랐겠지만 그녀가 지금까지 말을 한 표정은 바로 노래 부르는 것이었어요.

문2 이 시에서 당신이 가장 좋아하는 구절은 어디입니까? 독자에게 한 구절을 보여주십시오.

얌꽁

"많은 손들이 반죽을 비비고 전병이 발효나 발효가 없는 것 같은데"

문3 당신의 시와 AI 문명과 매우 밀접한 관계가 있다고 생각하나요? 그렇지 않다고 생각하나요?

얌꽁 왜 우리가 AI 인공지능의 독자인가요.

AI 인공지능이 우리의 독자인데, 내가 AI문명과 시창작의 관계를 생각하며 아픈 점입니다. 다만 서로 독자이거나 서로 작가가 되어야 합니다. 그렇지 않으면 이른바 상관이 있든 없든, 밀접하든 안 하든 아무 관계가 없습니다. 나의 이해는 다음과 같은 것입니다.

모든 독자가 한 편의 시라면, 응당 그것(작품)을 시 한 편으로 읽을 수 있습니다. 게다가 독자가 시 한 편이라면, 그 '작품'이 비로소 시 한 편이 되는 것입니다. AI 글쓰기가 그와 같다면, 우리가 AI 글쓰기를 통하여 그와 같이 되어야 합니다. AI가 독자 한 사람이 되어, 그 때문에 '시인'이 되는 것이지요. 이 또한 그와 같이 하는 것입니다.

우리의 시와 AI 관계는 AI의 구미가 변할수록, 시시각각 변하며, AI 및 AI 문명을 바라보며, 우리가 쓰는 시 때문에 변한다면, 즉각 변해야겠지요.

문4 왜 계속해서 시를 쓰시는지요? 한마디로 알려주시면 감사하겠습니다.

얌꽁 우물물 있는 곳에 가면, 우물물에 머리를 비추며 젖는다.

문5 생태환경 파괴와 오염 문제는 인류 생존과 직접적으로 연관된 문제입니다. 일본 후쿠시마(福島) 핵폐수는 영구히 지하에 묻어야 할까요? 바다로 내보내야 할까요? 당신은 어떻게 생각하십니까?

얌꽁 바다로 흘려 보내서는 안됩니다.

잠깐, 시인의 사진

당신이 자주 찾아가는 그곳(골목, 아이들, 시장, 호수, 책방)은
당신에게 어떤 곳이며 어떤 시상을 던져줍니까.

천지를 보고,
중생을 보고,
이웃을 본다.
그 사이를 뚫고 가면,
사람들은 그대를
이웃으로 간주한다.
그대가 시를 쓰면,
사람들은 그대를
이웃으로 여긴다.

칠월의 아이(七月的孩子)

즐거움은 슬픔보다 더 깊다
– 말러 제3교향곡 제4악장 '짜라투스트라의 술 취한 노래'의 가사

린쟝취앤(林江泉)

1.

기쁘게, 한가롭게, 풍성하게, 적절하게
집행관은 소파 위에 누워, 말러 제3교향곡을 듣는다
기선, 바다와 칠월의 별밤이 나타난다
모건 스탠리가 세일오일 산유상이 어떻게 공급 과잉을 삭감할지 예
측한다
산동회계법인의 딱따구리가 두드린다
추천한 백양나무 줄기를 두드린다 별들 아래에서
대지가 굳어지고, 별들 아래에서, 아침 햇살이
깨어난다. 별들 아래에서, 증권과 선물을 감찰하며 깨닫는다
아이들의 친밀 관계는 희미하게 변화한다 별들 아래에서
학자들은 금융시스템 속에 존재하는 부족함을 통계 낸다
별들 아래에서, 충분함을 아는 바닷물. 기쁘게
한가롭게, 적절하게. 또한 풍성하게, 환호하라
뒤이어 붉은색으로 풀칠하며
밀랍 봉인 도장을 찍는다
칠월의 아이야

2. 어느 프랑스어 아동 시인

아침의 지식욕은 로베르 사전을 뛰어넘었다 당신이 우려낸 차를 내게 한 잔 주었다 세느강 교외 투명한 올리브 그린웨이의 의문스런 라인이 햇살과 함께 떨림 소리를 낸다 당신은 광둥어를 말하는 본푸아를 초대하여 새우만두를 먹는다 나는 윙크를 하며 일정한 두브의 움직임과 부동성을 한여름 동안 생각한다 르베르디는 옷을 관목에게 주고 벌거벗고 광저우로 왔다 당신의 그림자가 우연히 결석한 그들을 보호해 달라고 부탁하지만 당신의 입에 항상 머물고 있다 혹은 펜끝에서 당신이 알아차리기 어려운 그들의 번역의 고통스런 것을 볼 수 있었다 당신은 드넓은 별하늘을 쓸 수 있었다 당신은 이번에 아직 번역하지 않은 어린이 그림책 LouP' tit Loup을 가져왔다 수시로 뒤죽박죽 얼어버린 문장이 당신과 가장 가까운 오십견을 맴돌고 있다 당신의 카시트는 추억하기 어려운 흐르는 물 같은 세월, 르네 샤르를 찾고 있다 무엇이 꽃다발을 내뿜었습니까? 당신의 번역은 성냥개비처럼 불꽃을 긋는다 과연 당신의 손이 미라보 다리의 아치에 흔들리고 있다 내가 남쪽 하늘을 보니 왼쪽 기슭의 생 미셸 거리로 흐르는 것 같다. 차창에 그림자가 겹쳐 드러나며 옹알거리며 공을 던지는 아이가 당신이 말하는 몰리에르 고향 말을 듣는다 그녀는 멈춰 서서 당신이 창밖의 자유가 군침 흘리며 세 자나 되는 프랑스 오색 무늬 찻주전자에 대해 그 순간 자사호 찻주전자로 축소되어 공작의 정원과 성의 모습에 감탄한다 이미 자취를 감추었지만 테이블 위의 세 가지 광동의 다과로 돌아왔다 진사새우붉은순대 한 접시, 춘샹구여우황평좌 닭발 한 접시, 그리고 어린이 시인이 즉흥적으로 번역한 코코넛 케익 한 접시 등 오후의 찻집이 피로해지기 시작하며 파리의 우울과 더

불어 당신은 잘 웃었다 나는 또 보들레르를 보았다

(2018. 7. 19, 딸이 한 살 배 씀)

주석:
1. 이브 본푸아(Yves Bonnefoy, 1923~2016)는 1923년 프랑스 중부 지방의 도시 투르에서 태어난 유명한 현대 시인임.
   1953년 첫 시집 『두브의 움직임과 부동성에 대해』를 출간해 일약 유명세를 타며 걸작으로 인정 받았으며 프란츠
   카프카 문학상, 콩쿠르 시 상을 수상했다.
2. 안톤 크링스(Antoon Krings)의 『꼬마 늑대(LouP' tit Loup)』는 프랑스의 고전적인 어린이 그림책임.
3. 르네 샤르(Rene Char, 1907–1988)는 프랑스의 당대 유명한 시인임.

린쟝취앤(林江泉)

중국 광동에서 태어났다. 90년대부터 시를 쓰기 시작했다. 시집 『과거와
속도를 경쟁하며』, 문집 『시가 쌓은 하늘』 등을 출간했다.

몇 가지의 문답,
린쟝취앤이 말한다

문1 이번에 한국에 발표하는 시 「칠월의 아이(七月的孩子)」는 어떻게 얻은 것입니까?

린쟝취앤 「칠월의 아이」는 칠월에 출생인 시인 친구에게 써 준 것입니다. 그녀의 생일에 써서 꽃의 도시 광저우에서 주로 아동을 쓰는 '즐거움'이 사람들이 심하게 무시하는 경향이 있습니다.

아동 내부 세계에는 성인 같은 규칙이 있고, 성인들은 아동의 놀이를 계속하고 있습니다. 꿈도 자라나서, 어린 시절을 향하는 방향에 불과할 뿐입니다.

문2 이 시에서 당신이 가장 좋아하는 구절은 어디입니까? 독자에게 한 구절을 보여주십시오.

린쟝취앤

"말러 제3교향곡을 듣는다 / 기선, 바다와 칠월의 별밤이 나타난다 말러 제3교향곡을 듣는다"

문3 당신의 시와 AI 문명과 매우 밀접한 관계가 있다고 생각하나요? 그렇지 않다고 생각하나요?

린쟝취앤 AI는 진실한 세계의 위대한 수사학입니다. 시의 내재 논리가 언어적인 고등수학으로 여겨집니다. AI 또는 시를 통하여 사람들은 알려지지 않은 것들이나, 아는 것이 거의 없거나 아는 것으로 알고도 모르는 은밀한 질서를 발견할 수 있습니다.

세계의 미래 발전의 불확정성은 뷰카(VUCA), 즉 파동성, 불확정성, 복잡성, 모호성 등을 지향하여, 'VUCA의 시대'가 됩니다. AI가 어떻게 발전하든 간에, 시가 가장 VUCA의 원진성(原眞性)을 가지고 있을 수 있다면, 그것은 AI의 발전을 위해 영원한 좌표를 제공해 줄 수 있습니다.

고속정보화와 인공지능이 진행될 때 정식화된 많은 일이 점차 대체되었습니다. 시의 정감과 내재적 논리가 있다면 영원히 안전할 것입니다. 그 형이상학이 당신의 인지를 발전시켜 후발 열세를 예방할 것이며, 정보를 취사선택하는 과정 속의 후발 우세를 발굴과 격발시킬 것입니다.

문4 왜 계속해서 시를 쓰시는지요? 한마디로 알려주시면 감사하겠습니다.

린쟝취앤 시는 나를 미지에 직면하게 하는 길입니다.

문5 생태환경 파괴와 오염 문제는 인류 생존과 직접적으로 연관된 문제입니다. 일본 후쿠시마(福島) 핵폐수는 영구히 지하에 묻어야 할까요? 바다로 내보내야 할까요? 당신은 어떻게 생각하십니까?

린쟝취앤 바다로 흘려보내서는 안 됩니다. 아마도 하늘로 증발시킬 수 있거나 무한 용량의 우주로 증발시킬 수 있다고 생각합니다.

잠깐, 시인의 사진

당신이 자주 찾아가는 그곳(골목, 아이들, 시장, 호수, 책방)은
당신에게 어떤 곳이며 어떤 시상을 던져줍니까.

다섯 살 반의 딸 계계(界界: Gye-Gye)가 여행용 가방을 열고 머리를 써서 양쪽 가
방 덮개를 들고 책을 보는 척하며 말한다. "나는 여행이란 책을 보고 있어요."
(촬영/린장취엔)

비정간 앤솔러지:
《아시아 포엠 주스》

몇 개의 문답과
서른여섯 명의 시인과
서른여섯 편의 시

Indonesia
인도네시아
시편

번역

김영수(시인 | 비교문학박사)

경고(PERINGATAN)

아흐다 임란(Ahda Imran)

바람은 가장 추운 계절을 내 등허리에 입히고 있다
내 날개는 무겁게 얼어붙었다. 선조로부터
물려받은 노래는 없다. 단지 슬픔과 원한만을 내게 가르쳐주었을 뿐
새들의 평화로움을 내게 알려준 이는 아무도 없었다

나는 무덤으로부터 들려오는 소리를 들으며 날고 있다
만약 당신이 내 목소리를 듣고 있다면
무슨 소리를 내가 듣고 있는지를 알 것이다

당신은 그 무엇과도 마주할 수 없기에
나와 마주하지 말기를

나는 토막 난 나무로부터 나왔고
저주의 성서 안에 언급된 전례(前例)
내 목소리는 물맛을 변하게 하는 메아리를 갖고 있다
물고기 시체가 가득한 달이 비치는 호수에
내 몸뚱이 그림자가 비친다

당신이 내 이름을 부를 때

선조들의 슬픔과 원한이 함께 뒤섞인
내 속삭임을 당신은 듣는다

그러나 다시는 나를 생각하지 말기를
당신은 그 무엇도 기억할 수 없으니까.

아흐다 임란(Ahda Imran)
인도네시아 서부 수마트라 50 Kota 까나가리안(Kanagarian) 바루구눙
(Baruhgunung)에서 태어났다. 시집 『결혼의 세계』 단편소설 「가장 좋은
살해」와 희곡 「고독 속의 고독」 등을 발표했다.

몇 가지의 문답,
아흐다 임란이 말한다

문1 이번에 한국에 발표하는 시 「경고(PERINGATAN)」는 어떻게 얻은 것입니까?

아흐다 임란 이 시는 악마에 대한 생각을 나타낸 것입니다. 원한에 사무친 창조물, 어둠의 세계에서 인간에게 원한을 부추기는 대상을 그리고 싶었습니다. 많은 종교와 믿음에 기록되어 있는 것처럼 인간에 대한 원한을 갖고 있는 그러한 악마에게 시는 하나의 경고로 작동될 수 있다고 보기 때문입니다

문2 이 시에서 당신이 가장 좋아하는 구절은 어디입니까? 독자에게 한 구절을 보여주십시오.

아흐다 임란 "그러나 다시는 나를 생각하지 말기를, 당신은 그 무엇도 기억할 수 없으니까."

문3 당신의 시와 AI 문명과 매우 밀접한 관계가 있다고 생각하나요? 그렇지 않다고 생각하나요?

아흐다 임란 이 시는 2018년에 만들었는데, AI가 활성화되기 훨씬 전입니다. 특히 당시 인도네시아에 AI가 알려지지 않았기 때문에 관계가 없습니다.

문4 당신은 왜 계속해서 시를 쓰고 있습니까. 한마디로 말할 수 있겠습니까?

아흐다 임란 시어를 통해 시나이 산 정상으로 내가 오르는 경이로움을 느끼기 때문에 계속해서 씁니다. (시나이 산은 모세가 십계명을 받은 산. 역자 주)

문5 생태환경 파괴와 오염 문제는 인류 생존과 직접적으로 연관된 문제입니다. 일본 후쿠시마(福島) 핵폐수는 영구히 지하에 묻어야 할까요? 바다로 내보내야 할까요? 당신은 어떻게 생각하십니까?

아흐다 임란 과학자들은 인간에게 핵 기술을 통해 최고의 선물을 선사했습니다. 그러나 핵 과학은 인간 모두를 재앙의 길로 이끌고 있습니다. 이러한 저주의 시작은 핵폐기물로부터 온다고 생각합니다.

잠깐, 시인의 사진

당신이 자주 찾아가는 그곳(골목, 아이들, 시장, 호수, 책방)은 당신에게 어떤 곳이
며 어떤 시상을 던져줍니까.

2016년 남부 프랑스 피레네 산맥에서 촬영한 사진입니다. 사진의 배경이 중요한 것
은 난생처음으로 눈을 직접 밟아보았기 때문입니다.

나는 아프게 그리워한다(AKU NGILU MERINDU)
줄파이살 뿌뜨라(Zulfaisal Putera)

이제 더 이상 당신을 그리워하는 것은 힘들 것 같아요
그 상처가 이미 내 맥박을 흔들고,
당신을 생각하는 것만으로도
비소(砒素)를 씹는 것 같은 아픔이 있기에

모든 관절은 지쳐 흩어지고
이제 천천히 죽어갈 뿐

그 어떤 것도 내게 보내지 말아요
한 송이 꽃도
아니 그저 인사라도
당신의 이름을 들으면
내 귀는 순간 멍해지고
끝내 천천히 귀머거리가 되기 때문이에요

내가 바랄 수 있는 것이 무엇인가요
당신을 단지 그리워할 뿐
당신은 멀리 떨어져 있고
나는 산산이 부서지고 있어요

내 작은 조각배는 온 힘으로 노를 저어도
당신이 있는 곳까지 갈 수 없어요

나는 뼛속 깊이
아프게 당신을 그리워해요
당신이 이 모든 그리움의 원인이기에
그저 이렇게 기다리게 하는 이유를
당신은 분명 알 것이기에.

—2021년 4월 2일, 반자르마신(Banjarmasin)

줄파이살 뿌뜨라(Zulfaisal Putera)
인도네시아 남부 칼리만탄 반자르마신(Banjarmasin)에서 태어났다. 여러
작품집을 출간했으며 2015년 반자르(Banjar) 술탄으로부터 문학인 칭호
(Astaprana)를 받았다.

몇 가지의 문답,
줄파이살 뿌뜨라가 말한다

문1 이번에 한국에 발표하는 시 「나는 아프게 그리워한다(AKU NGILU MERINDU)」는 어떻게 얻은 것입니까?

줄파이살 뿌뜨라 이 시는 갑자기 생각난 그리움에 대한 생각을 정리한 작품입니다. 그 그리움은 여러 문제 때문에 그리고 전달할 수 있는 능력이 없었기에 가슴 속에 남겨져 있는 것입니다.

문2 이 시에서 당신이 가장 좋아하는 구절은 어디입니까? 독자에게 한 구절을 보여주십시오.

줄파이살 뿌뜨라 "나는 아프게 그리워한다" 이 부분이 내게 있어 가장 강력하고 드라마틱하게 생각됩니다.

문3 당신의 시와 AI 문명과 매우 밀접한 관계가 있다고 생각하나요? 그렇지 않다고 생각하나요?

줄파이살 뿌뜨라 나의 시는 AI와는 관계가 없습니다.

문4 당신은 왜 계속해서 시를 쓰고 있습니까. 한마디로 말할 수 있겠습니까?

줄파이살 뿌뜨라 시는 삶을 헤쳐 나가기 위해 내가 꼭 지나가야 할 길이기 때문입니다.

문5 생태환경 파괴와 오염 문제는 인류 생존과 직접적으로 연관된 문제입니다. 일본 후쿠시마(福島) 핵폐수는 영구히 지하에 묻어야 할까요? 바다로 내보내야 할까요? 당신은 어떻게 생각하십니까?

줄파이살 뿌뜨라 어떠한 형태이든 자연 파괴는 분명한 죄악이다. 이 죄악은 용서받지 못할 것이다.

잠깐, 시인의 사진

당신이 자주 찾아가는 그곳(골목, 아이들, 시장, 호수, 책방)은 당신에게 어떤 곳이며 어떤 시상을 던져줍니까.

이슬람 경전인 코란 경의 낭독과 낭송은 반자르(Banjar) 사회에서는 하나의 확실한 일상이 되어 있습니다. 예배 시간에 집안 창문으로 들어오는 빛을 등불삼아 코란 경을 읽으면 성스러운 분위기를 느낄 수 있습니다.

돌의 강(SUNGAI BATU)

넨덴 릴리스 A.(Nenden Lilis A.)

내 몸 안에는 아무 것도 없지만
농부들은 내 몸이 땅인 양 구멍을 내고
"우린 씨를 심고 있다", 그렇게 외치고 있지요

그들은 내 가슴에 그렇게 구멍을 내고 있지만
당신의 숨결, 나는 붉은 피에 목말라 하지요

나는 당신에게
내 가슴에는 더 이상 물이 흐르지 않는
돌투성이 마른 강이 있을 뿐이라고 말을 하지요

"돌? 돌이 있어도 괜찮다"
갑자기, 당신은 농부들과 다투기 시작하지요
"지금 우리에게 당장 필요한 것은 돌이다!"

그리고 남아 있는 오직 하나의 내 돌도
그들은 가져갔지요.

넨덴 릴리스 A.(Nenden Lilis A.)

인도네시아 서부 자바(Java) 가룻(Garut), 말랑봉(Malangbong)에서 태어났다. 시집 『마법의 나라』를 출간했다. 단편 소설 「종이 달」 등이 있으며 시집 『마법의 나라』는 아리 끄삔(Ari Kpin)에 의해 뮤지컬로 작곡되었다.

몇 가지의 문답,
넨덴 릴리스가 말한다

문1 이번에 한국에 발표하는 시 「돌의 강(SUNGAI BATU)」은 어떻게 얻은 것입니까?

넨덴 릴리스 이 시는 사람들이 행하는 여러 행동과 사건, 사고를 바라보고 경험하고 생각한 것들의 결과입니다. 특히 자연 환경의 보존과 여성 문제에 대한 생각의 결과물입니다. 인간들은 부정적인 결과를 생각하지 않고 단지 그들의 이익을 위해 개발을 서두르고 있을 뿐입니다.

문2 이 시에서 당신이 가장 좋아하는 구절은 어디입니까? 독자에게 한 구절을 보여주십시오.

넨덴 릴리스 "그리고 남아 있는 오직 하나의 내 돌도 그들은 가져갔지요"

문3 당신의 시와 AI 문명과 매우 밀접한 관계가 있다고 생각하나요? 그렇지 않다고 생각하나요?

넨덴 릴리스 내 시는 AI와 관계가 없습니다. 내 생각은 AI 기술이 발전할수록 더욱 조심을 해야 할 것으로 보고 있습니다. 특히 인간의 문학 능력을 약화시키지 않을까 걱정하고 있습니다.

문4 당신은 왜 계속해서 시를 쓰고 있습니까. 한마디로 말할 수 있겠습니까?

넨덴 릴리스 내게 있어 시 쓰기는 혼(魂)의 부름입니다.

문5 생태환경 파괴와 오염 문제는 인류 생존과 직접적으로 연관된 문제입니다. 일본 후쿠시마(福島) 핵폐수는 영구히 지하에 묻어야 할까요? 바다로 내보내야 할까요? 당신은 어떻게 생각하십니까?

넨덴 릴리스 핵폐수의 지하매장 또는 해양 방류는 모두 심각한 딜레마가 있는 문제라고 생각합니다. 왜냐하면, 이 두 가지 방법 모두 자연 파괴와 위험을 가져오기 때문입니다. 문제 해결 방안은 처음부터 핵을 사용하지 않는 것이라고 봅니다. 아울러 위험 부담이 적은 제3의 해결 방안을 모색해야 한다고 생각합니다.

잠깐, 시인의 사진

당신이 자주 찾아가는 그곳(골목, 아이들, 시장, 호수, 책방)은
당신에게 어떤 곳이며 어떤 시상을 던져줍니까.

나는 언제나 산에 매력을 느낍니다. 그 이유는 내 고향 마을이 산으로 둘러싸여 있
기 때문입니다. 인간 삶에 있어 산은 자연환경을 지키는 수호자로서 그 자리매김을
하고 있다고 봅니다.

내가 믿고 있는 코란 경에서 산의 기능 중 하나로 지구를 지키는 수평추 역할을 하
고 있다고 언급되어 있습니다. 따라서 인간은 산을 잘 지켜야 할 것입니다. 그 이유
는 자연에 있는 모든 것은 신의 권능을 나타내는 상징이기 때문입니다..

링거 주사(INFUS)
맛돈(MATDON)

1
그 줄들은 내 몸을 묶으며
콧구멍을 통하고, 입안으로 들어오고 오줌 구멍과 엉덩이로 들어
오고 있다
수많은 악령들이 그곳에 숨어 나를 무덤 구멍으로 데려가라고 소
리치고
수많은 천사들이 풍만한 엉덩이를 흔들며 나를 유혹하고 있다
줄들은 점점 철사로 변하고
이름 모를 액체는 천천히 내 심장으로 방울져 떨어진다
내 심장, 내 혈액, 내 머리, 그리고 내 죽음으로 낙하하고 있다;
그렇게 나는 6세기 동안 죽음과 함께 함몰되어 있다

2
링거 주사 줄마다 신이 있다
그는 용해된 산소가 되어 살갗과 맥박 그리고 혈액 사이에 호흡을
준다;
친근한 미소로

3
링거들은 사이를 두고 서로 바라보고 있다

그 안에 수액은 죽음의 합주처럼 보슬비가 되어 떨어진다
응급실은 적막 속에 있는데
사방의 벽은 서로를 손가락질하면서 빛을 반사하고 있다
나는 침대 모서리로 몸을 옮기려 하지만
손은 묶여 있고 검은색 의료용 망치가 내 머리를 두드릴 뿐이다.

— 2017년 11월 15일

맛돈(MATDON)
시인이며 작가이며 기자이다. 몇 권의 시집과 산문집이 있다. 중학교 시절에 쓴 시가 1984년, '청소년신문'에 게재된 것이 계기가 되어 글을 쓰게 되었다. 시집 「내면의 합일」 단편소설집 「닭죽」 등을 출간했다.

몇 가지의 문답,
맛돈이 말한다

문1 이번에 한국에 발표하는 시 「링거 주사(INFUS)」은 어떻게 얻은 것입니까?

맛돈 2016년 6일 동안 병원에서 의식 불명으로 있다가 깨어난 적이 있었고 정신적으로 큰 충격을 받았었습니다. 당시 인간이 얼마나 작고 나약한지 알게 되었습니다.

문2 이 시에서 당신이 가장 좋아하는 구절은 어디입니까? 독자에게 한 구절을 보여주십시오.

맛돈 "링거 주사 줄마다 신이 있다/ 그는 용해된 산소가 되어 살갗과 맥박 그리고 혈액 사이에 호흡을 준다"

문3 당신의 시와 AI 문명과 매우 밀접한 관계가 있다고 생각하나요? 그렇지 않다고 생각하나요?

맛돈 나의 시 작품과 AI와는 관계가 없습니다.

문4 당신은 왜 계속해서 시를 쓰고 있습니까. 한마디로 말할 수 있겠습니까?

맛돈 시가 나에게 친절하지 않더라도, 시를 통해 나는 신성(神聖)의 세계를 알게 되었기에 시 쓰기에 충실하고 싶습니다.

문5 생태환경 파괴와 오염 문제는 인류 생존과 직접적으로 연관된 문제입니다. 일본 후쿠시마(福島) 핵폐수는 영구히 지하에 묻어야 할까요? 바다로 내보내야 할까요? 당신은 어떻게 생각하십니까?

맛돈 인간의 삶이 더욱 안전하기 위해서는 핵물질을 줄이는 것이 우선입니다. 물론 핵물질 사용이 가져오는 긍정적인 측면도 있지만, 지진 또는 쓰나미 등 자연재해로 핵시설이 파괴되었을 경우 핵폐수로는 과열된 핵시설을 결코 냉각시킬 수 없고 또 다른 재앙을 가져오기 때문입니다.

잠깐, 시인의 사진

당신이 자주 찾아가는 그곳(골목, 아이들, 시장, 호수, 책방)은 당신에게 어떤 곳이며 어떤 시상을 던져줍니까.

독립 천명 인도네시아 건물(GIM)은 인도네시아공화국 초대 대통령 Ir. 수카르노(Soekarno)가 식민통치자인 네덜란드에 투쟁하다 재판을 받은(1930) 역사적인 건물입니다. 이 재판을 통하여 수카르노가 주창한 독립 천명의 인도네시아가 탄생하게 되었습니다.

바나나의 운명(NASIB PISANG)

히크맛 구메아르(Hikmat Gumear)

한 송이 라자 바나나가 대리석 식탁에 놓여, 떨고 있다

약간 휘어진 손가락의 수박색 붉은 손톱이

완숙 온도에 있는 바나나를 끄집어낸다

냉동고, 바나나는 비린내 나는 뚜껑으로부터 지유를 느낀다

오징어 냄새, 심장 비린내, 소의 골수 냄새,

그 안에서 숨 쉬기가 어려웠다

부드러운 밤의 향기, 바나나는 더 이상 참지 못한다

수박색 붉은색이 칠해진 손톱이 천천히 바나나를 쓰다듬으며 껍질
을 벗긴다

그리고는 손톱색과 같은 붉은색이 칠해진 입으로 집어넣는다

붉은 손톱의 혀로 몸통 반이 씹히기 전에

석양은 밤으로 바뀌었고 밤은 이슬로 목욕을 시작한다

바나나는 아직 떨면서 점점 냉동 온도로 변해가는 대리석 식탁에
있다

바나나는 스스로를 위로하며 자기를 바라본다

검게 변했지만 움직이지 않은 채, 바나나 가까이 있는 그의 그림자
를 바라본다

갑자기 조용히 기어오는 소리를 들으며 바나나는 하수구 악취를
맡는다

날카로운 이빨이 그를 베어 문다

그런 다음 컴컴한 쓰레기통으로 몸이 던져진다

* 라자(Raja) 바나나 : 바나나의 한 종류 (필자 주)

히크맛 구메아르(Hikmat Gumear)

인도네시아 마자렝까(Majalengka), 까디빠뗀(Kadipaten), 까랑삼붕
(Karangsambung) 마을에서 태어났다. 1980년 중반부터 시, 단편, 희곡,
수필을 쓰기 시작했다. 시집 『대지의 감옥으로부터 비밀 저장소로』를 출
간했다.

몇 가지의 문답,
히크맛 구메아르가 말한다

문1 이번에 한국에 발표하는 시 「바나나의 운명(NASIB PISANG)」은 어떻게 얻은 것입니까?

히크맛 구메아르 「바나나의 운명」은 2023년 8월 첫째 주, 사촌동생 집에서 하룻밤을 보낼 때 얻은 오브제입니다. 그때, 동행했던 내 처가 오랫동안 투덜거리게 되는 작은 사건이 생겼는데 그것은 다름이 아니라 입가심용으로 준비했던 라자 바나나가 아침을 먹자마자 사라진 일이 있었습니다. 그 라자 바나나를 하수구 쥐새끼가 훔쳐갔다고 내 처는 아직도 믿고 있습니다.

문2 이 시에서 당신이 가장 좋아하는 구절은 어디입니까? 독자에게 한 구절을 보여주십시오.

히크맛 구메아르 "바나나는 스스로를 위로하며 자기를 바라본다/ 검게 변했지만 움직이지 않은 채, 바나나 가까이 있는 그의 그림자를 바라본다"

문3 당신의 시와 AI 문명과 매우 밀접한 관계가 있다고 생각하나요? 그렇지 않다고 생각하나요?

히크맛 구메아르 내 시는 AI 문명과는 전혀 관계가 없습니다.

문4 당신은 왜 계속해서 시를 쓰고 있습니까. 한마디로 말할 수 있겠습니까?

히크맛 구메아르 내가 시를 쓰는 것은 대자연에 작은 내 숙명을 융합시키기 위해서입니다.

문5 생태환경 파괴와 오염 문제는 인류 생존과 직접적으로 연관된 문제입니다. 일본 후쿠시마(福島) 핵폐수는 영구히 지하에 묻어야 할까요? 바다로 내보내야 할까요? 당신은 어떻게 생각하십니까?

히크맛 구메아르 후쿠시마의 핵폐수를 지하에 영구 매장하는 것과 해양에 방류하는 것, 모두 무서운 재난을 가져다준다고 봅니다. 이러한 재난은 원자력 발전소를 세우기 시작할 때부터 이미 예견되었던 사실입니다. 일본은 나가사키와 히로시마에 원폭이 떨어져 모든 것이 파괴된 역사적인 사실을 이미 망각한 것 같습니다.

잠깐, 시인의 사진

당신이 자주 찾아가는 그곳(골목, 아이들, 시장, 호수, 책방)은 당신에게 어떤 곳이며 어떤 시상을 던져줍니까.

절벽 옆에 있는 작은 거처와 그 주위에 있는 소나무 숲은 동부 자바(Java), 브로모(Penanjakan Bromo)에 있는데 내 시적 영감과 문학의 세계를 넓혀주는 장소입니다.

비정간 앤솔러지:
《아시아 포엠 주스》

몇 개의 문답과
서른여섯 명의 시인과
서른여섯 편의 시

Japan(日本)
일본 시편

번역

권택명(시인 | 한국펄벅재단 상임이사)

일본 동시(童詩)

꽃(花)
한다 신카즈(半田 信和)

1
여기에 태어나
여기에 가득하고
여기에 머무르지 않는
시간의 잔물결

여기에 벙글어
여기에 놀고
여기에 사라지는
빛의 소리

2
내일 너를
만나러 가자
그런 생각이 든
오늘은 행복하다

내일 너를

만나지 못해도

한다 신카즈(半田 信和)
일본 후쿠이현(福井縣)에서 출생했다. 『시와 동화』를 통해 작품활동을
시작했다. 시집 『예컨대 한 사람의 러너(runner)가』 『금계나무 가지 끝에』
등을 출간했다.

몇 가지의 문답,
한다 신카즈가 말한다

문1 이번에 한국에 발표하는 시 「꽃(花)」은 어떻게 얻은 것입니까?

한다 신카즈 사진을 찍은 것이 좋아서, 근처의 공원이나 마을의 산, 여행처에서 찍은 한 장의 사진에서 떠오른 시의 언어를 페이스북에서 발신하고 있습니다. 시 「꽃」도 가든 뮤지엄 히에이〔比叡, 교토부(京都府)〕와 후쿠이현(福井縣)에 있는 연꽃공원에서 찍은 사진에서 착상을 얻은 것입니다.

문2 이 시에서 당신이 가장 좋아하는 구절은 어디입니까? 독자에게 한 구절을 보여주십시오.

한다 신카즈 "내일 너를"

그렇게 생각하는 것으로 오늘 자신의 기운을 북돋울 수 있기 때문입니다.

문3 당신의 시와 AI 문명과 매우 밀접한 관계가 있다고 생각하나요? 그렇지 않다고 생각하나요?

한다 신카즈 현대사회에 살고 있는 우리는 많든 적든 AI와 관련을 갖지 않을 수 없습니다. 아날로그와 디지털, 손으로 쓰는 문자와 컴퓨터

입력의 문자, 적절히 밸런스를 잡아가려고 생각합니다.

문4 당신은 왜 계속해서 시를 쓰고 있습니까. 한마디로 말할 수 있겠습니까?

한다 신카즈 "내 속을/ 지나간 언어가/ 언젠가 누군가의/ 마음을 적시는/ 물이 되도록". 시집 『금계나무 가지 끝에』의 속표지에 실린 말입니다. 이 소원이 계속 써가는 원동력이 되고 있습니다.

문5 생태환경 파괴와 오염 문제는 인류 생존과 직접적으로 연관된 문제입니다. 일본 후쿠시마(福島) 핵폐수는 영구히 지하에 묻어야 할까요? 바다로 내보내야 할까요? 당신은 어떻게 생각하십니까?

한다 신카즈 어려운 질문입니다. 수치가 어떻든 후쿠시마는 위험하다고 다른 나라 사람들이 생각하고 있는 것이 현실일 것입니다. 후쿠시마의 자연을 양식(糧食)으로, 성실하게 살아가고 있는 사람들을 더이상 상처받게 하지 않는 길을 찾아야 한다고 생각합니다.

잠깐, 시인의 사진

당신이 자주 찾아가는 그곳(골목, 아이들, 시장, 호수, 책방)은 당신에게 어떤 곳이며 어떤 시상을 던져줍니까.

후쿠이현립대학의 해바라기밭을 개방한다고 해서, 손자 둘을 데리고 가보았습니다. 그때의 사진에서 이런 문장이 떠올랐습니다.

"어른에게 보이지 않는 길이/ 문득 나타날 때가 있다/ 해바라기보다 키가 작은 아이가/ 노래하며 걸으면."

그림책(絵本)

이토 요시히로(伊藤 芳博)

여느 때라면
이웃의 정원에 있는 개를 쓰다듬어주고 집에 돌아오는 아이가
문을 열자마자
글자보다 먼저
그림책 속에서 튀어나왔다
아이는 손가락 사이를 빠져나와
책상 밑으로 도망가고
격발된 포탄은
내 귀를 스치고 벽에 박혔다

벽은 무너져 내리고
어머니의 외치는 소리가 소년을 부르고 있다
스토리도 그림도
작자의 양해 없이 고쳐 써진다
빠져나올 수가 없는 상태에 있는 에이프런 차림의 어머니는
어느 장면에 놓이려 하고 있는가
앞 페이지로 도망칠 수가 있었다 하더라도
거기에는 소년이나 개가 읽혀지고 있던 흔적밖에 없다
어제까지는
페이지가 넘겨지면

가족의 따뜻한 식사를 준비하고 있었다는데

차가운 밀크에
흙먼지가 떠 있다
그림책을 닫는다
이야기의 속편을 나는 모른다
아이는 어디로 가버린 것일까
포탄의 흔적도 사라져가는 듯하다
까슬까슬한 맛의 밀크를 마신다

이토 요시히로(伊藤 芳博)
일본 기후현(岐阜県) 다지미시(多治見市)에서 출생했다. 1980년 계간 시지 『배(舟)』를 통해서 작품활동을 시작했다. 시집 『어디까지 갔다면, 거짓말은 거짓말?』 등을 출간했다.

몇 가지의 문답,
이토 요시히로가 말한다

문1 이번에 한국에 발표하는 시 「그림책(絵本)」은 어떻게 얻은 것입니까?

이토 요시히로 2004년 이라크 전쟁에 의한 미국의 점령 통치가 시작되어, 이라크가 수렁에 빠져 있던 즈음에 쓴 작품입니다.

당시 러시아의 부패, 체첸의 참상을 그린 안나 폴리트코프스카야의 『체첸, 그만둘 수 없는 전쟁』을 읽고 충격을 받고 있었다는 배경도 있습니다. 그림책을 읽고 있었을 때 문득 그 이야기에 세계의 현실이 뒤섞이게 되어버린 듯한 착각에 빠진 적이 있었습니다.

전쟁을 획책하는 대국의 위정자들에 의해, 평화라는 이야기가 불문곡직하고 찢어지고, 전쟁터에서 멀리 떨어진 우리들의 생활도 위협하려 하고 있다는 것을 느꼈습니다(전쟁터에서 멀리, 라는 거리감도 또한 착각일 수밖에 없는 것이겠지만 말입니다).

문2 이 시에서 당신이 가장 좋아하는 구절은 어디입니까? 독자에게 한 구절을 보여주십시오.

이토 요시히로 "스토리도 그림도/ 작자의 양해 없이 고쳐 써진다"

평온한 일상, 우리가 반복하고 있는 나날의 영위가, 돌연히 어떤 사람인가에 의해 폭력적으로 뒤집어져버린다는 공포, 그리고 그에 대해 아무것도 할 수 없는 원통함, 분노를 담아 쓴 한 행입니다. 우리들은 각각의 인생의, 각각의 이야기의 작자로서 살아가고 있을 것입니다.

문3 당신의 시와 AI 문명과 매우 밀접한 관계가 있다고 생각하나요? 그렇지 않다고 생각하나요?

이토 요시히로 나의 시는 AI문명과는 아무런 관련도 없다고 생각합니다.

그러나 현대의 정보화 사회, 버츄얼 리얼리티(virtual reality)의 세계에서는, 현실에도 진실에도, 비현실과 페이크(fake)가 뒤섞여 있고, 또한 AI에 의해 작위(作爲), 조작되고 있으며, 창조적 분야에서도 작자의 인간성, 독자성이 AI문명에 침식되고 얽어 매이려 하고 있다는 불안을 느끼고 있습니다. 인간이라는 오리지널적인 존재는 있는가, 인간의 본질이라는 것은 무엇인가.

자기 존재를 모르게 되어버린 시대에 우리들은 살아가고 있습니다.

문4 당신은 왜 계속해서 시를 쓰고 있습니까. 한마디로 말할 수 있겠습니까?

이토 요시히로 자신의 존재 이유를 계속 확인하기 위해 계속 쓰고 있습니다. 도달해야 할 목적은 없습니다. '계속 쓴다'고 하는 행위 그 자체에 의미가 있는 것이라고 생각합니다.

문5 생태환경 파괴와 오염 문제는 인류 생존과 직접적으로 연관된 문제입니다. 일본 후쿠시마(福島) 핵폐수는 영구히 지하에 묻어야 할까요? 바다로 내보내야 할까요? 당신은 어떻게 생각하십니까?

이토 요시히로 후쿠시마의 오염수는 바다에 방류해서는 안 된다고 생각합니다. 바다도 하늘도 대지도…… 모든 자연은 미래의 사람들, 어린아이들로부터 현대의 우리들이(살아 있는 동안 일시적으로) 빌려 쓰고 있는 것입니다. 빌려 쓰고 있는 것은 더 아름답게 반환해야 합니다.

그것이 자연의 계승이라는 것이라 생각합니다. 현대의 인간이 범한 부주의는 현대의 인간이 책임을 지고 관리, 감시할 수 있는 장소에 격리하도록 노력해야 합니다.

잠깐, 시인의 사진

당신이 자주 찾아가는 그곳(골목, 아이들, 시장, 호수, 책방)은 당신에게 어떤 곳이며 어떤 시상을 던져줍니까.

사진의 길은 매일 달리기를 하는 자택 부근의 산책로입니다. 기점에서 종점까지가 4km, 왕복 8km.

경치를 보거나, 스쳐 지나가는 러너(runner)에게 인사를 하거나, 자신의 몸과 대화를 하거나, 일에 대한 것, 가족에 대한 것, 시에 대한 것, 취미에 대한 것 등 여러 가지를 생각하면서 달리고 있습니다. 그러나 달리고 있는 동안에 어느샌가 아무 생각 없이 달리고 있는 자신을 깨닫습니다. 달리는 것의 의미는, '달린다'고 하는 행위 속에만 있는 것이기 때문일 것입니다.

그리고 그와 같은 '무(無)'의 시간이 있기 때문에 비로소 달리기를 마친 후에 '유(有)'인 시상(詩想)이 솟아올라오는 것이라고 생각합니다.

백 년의 가을(百の秋)

사가와 아키(佐川 亞紀)

학의 날개가 접힌 채로
백 년의 가을이 차가운 손가락 끝을 내민다
땅의 가슴이 찢어졌을 때
마음의 어둠도 무너져내렸다
9월의 햇살은 언제까지나 뜨겁다

공중으로 스러질 것 같은 육교를 건너
조선인 납골탑까지 걷는다
이처럼 가까운 다리를 멀리하고 있었던
연붉은 무궁화가 바람에 흔들리고 있다
부드러운 꽃잎의 손바닥이 혼의 피를 받는다
금빛의 꽃대가 밝히는 빛

아이우에오*를 말하고
목이 잘린 사람의
한국어를 발(發)하는 숨통이 풀의 선율을 떨게 한다

일본의 가난한 지역에서 온 사람들도
함께 모여 일하던 쓰루미(鶴見)** 거리
학은 어지러이 날고

79

쏘아 떨어뜨려진 날개가 반도(半島)를 덮었다

히로시마(廣島)의 피폭 소녀가 계속 기도했다
종이학***이 후쿠시마(福島)의 바다로 흘러가서
파도에 젖고, 무수히 찢어진 날개가 떠돈다
녹아내린 문명의 덩어리는 고향을 계속 빼앗는다
혹서(酷暑)로 나른해진 가을에 썩은 열매가 각지(各地)에서 떨어
진다
빛깔 선명한 열매가 열리는 가을은 아직 오지 않는다

* 일본어의 알파벳인 50음도(音圖)의 첫 행. 1923년 9월 1일 발생한 간토(關東) 대지진[일본에서는 대진재(大震災)라
고 함] 때 재일조선인에게 책임을 전가하기 위해 유언비어를 흘려 6천여 명의 조선인 학살 사건이 일어남. 당시 조
선인이 발음하기 어려운 일본어를 말하게 하여 조선인을 구별하고 살해한 내용을 암시. '간토'는 일본 중앙부인 도
쿄(東京), 이바라키(茨城), 도치기(栃木), 군마(群馬), 사이타마(埼玉), 지바(千葉), 가나가와(神奈川) 지역을 함께 지칭
하는 말이며, 오사카(大阪), 교토(京都)를 중심으로 한 지역은 '간사이(關西)라고 함.
** 일본 요코하마(橫浜)의 지명.
*** 折り鶴: 종이를 접어 만든 학. 옛날에는 장수를 기원하는 상징물로 여겨졌으며, 입원한 환자를 위한 선물로 만들
어지곤 했다. 일본에서는 여전히 문병 갈 때 선물로 학 천 마리를 접은 '센바즈루(千羽鶴)'를 종종 만든다.
 (NAVER 위키피디아 참고. -역자 주)

사가와 아키(佐川 亞紀)
일본 도쿄에서 출생했다, 1980년 월간 시지『시가쿠(詩學)』을 통해 작
품활동을 시작했다. 시집『꽃누르미』『왁자한 씨앗』과 한일(韓日) 환경
시선집『지구는 아름답다』(권택명 공편) 등을 출간했다.

몇 가지의 문답,
사가와 아키가 말한다

문1 이번에 한국에 발표하는 시 「백 년의 가을(百の秋)」은 어떻게 얻은 것입니까?

사가와 아키 자택 부근의 렌쇼지(蓮勝寺)라는 사찰에 한국인 무연불 (無緣佛)의 묘지와, 간토(關東) 대진재(大震災) 학살 사건으로 희생된 재일조선인의 납골탑이 있습니다.

2023년은 1923년 9월 1일에 발생한 간토 대진재로부터 100년째가 되는 해입니다. 간토 지방에 엄청난 지진 피해가 있었을 뿐만 아니라, 조선인과 중국인에 대한 학살 사건이 발생했습니다. 조선 독립 3·1운동 등 저항 운동에 대한 두려움을 갖고 있던 일본 정부가 단속의 지령을 내린 것이 주원인이라 해도 일반 서민이 가담한 것은 잊어서는 안 되는 역사적 사실입니다. 이에 대해 매년 역사적 사실이 계속 은폐되어온 것은 매우 유감스런 일입니다.

백 년을 일본이 어떻게 보냈는가에 대해 문제가 제기되고 있습니다. 한편, 영화나 서적 등 역사적 사실을 다시 밝혀내고 널리 전파하는 운동도 일본에서 행해지고 있습니다.

문2 이 시에서 당신이 가장 좋아하는 구절은 어디입니까? 독자에게 한 구절을 보여주십시오.

사가와 아키 "백 년의 가을이 차가운 손가락 끝을 내민다"

일본인이 역사적 사실을 충분히 인간적인 온정으로 이해하고 전하려 하지 않는 태도를 자성(自省)한 시구입니다.

문3 당신의 시와 AI 문명과 매우 밀접한 관계가 있다고 생각하나요? 그렇지 않다고 생각하나요?

사가와 아키 나의 시는 AI 문명 시대와 별로 관계가 없지만 그렇다고 무관하게는 있을 수 없습니다. 시인의 개성을 흔드는 문제가 현실적으로 발생하고 있습니다. 개인이 적극적으로 정보를 발신할 수 있는 것과 동시에, 가짜뉴스(fake news)에 의한 사실 왜곡도 위험한 것이므로 플러스마이너스를 잘 생각하고 싶습니다.

문4 당신은 왜 계속해서 시를 쓰고 있습니까. 한마디로 말할 수 있겠습니까?

사가와 아키 시는 인간의 근본적인 비평성과 공생(共生)에의 상상력을 지닌 것이라고 믿기 때문입니다.

문5 생태환경 파괴와 오염 문제는 인류 생존과 직접적으로 연관된 문제입니다. 일본 후쿠시마(福島) 핵폐수는 영구히 지하에 묻어야 할까요? 바다로 내보내야 할까요? 당신은 어떻게 생각하십니까?

사가와 아키 후쿠시마(福島) 원전 사고의 오염수를 해양 방출하는 것에는 반대합니다. 후쿠시마의 어민들도 반대하고 있습니다. 지하에 매장해야 한다고 생각합니다. 지하매장도 곤란한 점이 많지만, 원전 사고를 일으킨 일본이 장래에 걸친 영향을 검사하고 관리할 수 있도록 대책을 세워야 한다고 생각합니다.

잠깐, 시인의 사진

당신이 자주 찾아가는 그곳(골목, 아이들, 시장, 호수, 책방)은 당신에게 어떤 곳이며 어떤 시상을 던져줍니까.

(나는 요코하마에 살고 있는데 살고 있는 곳에서) 역전까지 5분 정도의 지역에는 〈조선인납골탑〉이 건립되어 있는 렌쇼지가 있습니다. 교통이 복잡한 큰 도로변이기는 하지만, 사찰은 넓고 멋진 곳이며 조용한 분위기입니다. 옆에는 무궁화꽃도 피어 있습니다. 돌계단을 올라가면 왼쪽에 바로 〈한국인묘지개수 기념비(韓國人墓地改修記念碑)〉와 〈조선인납골탑〉 등이 나란히 서 있는 구역이 설치되어 있습니다.

편집자 주: 2024년 지난 1월 31일, 도쿄에서 3시간 거리에 있는 군마 현의 '군마의 숲'에 있던 조선인 노동자 추도비가 철거된 것이 확인되었다.

벽(壁)

시바타 노조무(柴田 望)

Sio-mi-dai 1 초메(丁目)*
자그마한 산꼭대기
내부 장식은 아름답지만
함께 살고 있던 사람은
무슨 까닭인지 2층에서 잠을 잤습니다

두 사람은 몇 번인가 들었습니다
벽 저쪽에
우르르 계단의 발소리
숨을 죽이고 들었습니다

"아아– 아아, 가끔 와요"
함께 살고 있던 사람의
중얼거림은 감미로웠습니다

어느 날, 집 전체가
벽도 유리창도 흔들렸습니다
함께 살고 있던 사람과
잠시 함께 흔들렸습니다

밖으로 나가자, 거리는 흔들리지 않고
이상하게 맑게 개어 있었습니다

함께 살고 있던 사람이
소중하게 가꾼 정원이었습니다
거리 전체가 눈부셔서
저녁 해가 너무나도 아름다웠습니다
실은 그것은 아침 해였습니다

* 한국의 '가(街)'에 해당하는 일본의 시가지 구획.

시바타 노조무(柴田 望)

일본 홋카이도(北海道)에서 출생했다. 1998년경『시와 사상(詩と思想)』을 통해 작품활동을 시작했다. 시집『벽』『4분 33초』 등을 출간했으며 현재, 시지『프래자일(fragile)』을 주재하고 있다.

몇 가지의 문답,
시바타 노조무가 말한다

문1 이번에 한국에 발표하는 시 「벽(壁)」은 어떻게 얻은 것입니까?

시바타 노조무 2023년 1월 15일, 탈레반 잠정 정권이 아프가니스탄에서 '시작(詩作) 금지'명을 발령했습니다. 자유롭게 시와 예술을 접하는 것이 금지되고, 여성 교육이 금지되었으며, 인권이 박탈되었습니다. 밤과 같은 아프가니스탄의 비참한 상황은, 일본 같은 평화로운 나라에서는 상상할 수 없을지도 모르겠습니다.

밤과 낮, 자신이 살아가고 있는 나라의 상식과는 전혀 다른 별세계에서 고통스런 경험을 맛보고 있는 사람들이 있습니다. 전혀 다른 세계가 동일한 시간의 진행을 경험하고 있습니다. 별세계만이지만 분리되지 않고 있습니다. 바로 "부분과 전체는 분리할 수 없다"는 것입니다. 그런 현대인의 감각을 표현하려고 시도했습니다.

아프가니스탄에서 네덜란드로 망명한 시인 소마이아 라미시 (Somaia Ramish) 씨가, 탈레반의 '시작 금지'령에 항거하여, 세계 시인들에게 시를 보내달라는 메시지를 보냈습니다. 일본을 포함한 세계 각국으로부터 100편 이상의 시가 발송되어 왔습니다. 그중 57편의 작품을 수록한 앤솔러지 『시의 우리(檻, 감옥)는 없다』를 내가 편집하여, 2023년 8월 15일에 발간했습니다.

8월15일은 일본에게도 아프가니스탄에게도 매우 중요한 날입니다. 일본에게는 패전일이고, 아프가니스탄은 2021년 8월 15일에 탈레반에게 함락되었습니다. 이 시집의 발간은 BBC, 『인디펜던트』지에도 보도되어 세계의 주목을 받았습니다.

문2 이 시에서 당신이 가장 좋아하는 구절은 어디입니까? 독자에게 한 구절을 보여주십시오.

시바타 노조무 "시오 미 다이(sio-mi-dai)."

이것은 홋카이도 오타루(小樽) 시의 지명입니다. 바다가 잘 보이는 고지(高地)라는 의미입니다. 20년 전에 나는 거기서 살았습니다. 그리운 추억입니다. 그때까지 전혀 경험한 적이 없었던, 나에게는 첫 영적(靈的) 체험이었습니다.

문3 당신의 시와 AI 문명과 매우 밀접한 관계가 있다고 생각하나요? 그렇지 않다고 생각하나요?

시바타 노조무 나는 영어권의 사람들과 메일을 교신하고 있는데, AI의 번역 기능을 활용하고 있습니다. 몇 개인가의 AI로 번역(일-영)과 역(逆)번역(영-일)을 반복하며, 정확한 번역문을 만들어나갑니다. 이런 방식으로 메일을 교신하며, 해외 시인들과 커뮤니케이션을 하고 있습니다.

문4 당신은 왜 계속해서 시를 쓰고 있습니까. 한마디로 말할 수 있겠습니까?

시바타 노조무 존경하는 시인 사가와 아키(佐川亞紀) 씨와 요시마스 고조(吉増剛造) 씨의 작품을 읽으면, 쓰고 싶다는 마음이 솟아나오고 인생에 대한 용기가 생깁니다. 독서가 시를 쓰게 하고 있는 게 아닐까 생각합니다. 만남도 시를 쓰게 합니다.

읽는 것과 쓰는 것이나 사람과 만나는 것들이, 인류의 방대한 지식에 접속하게 하고 표현의 의지를 부여해주는 것입니다. 그것은 '인류가 어떻게 살아가야 할 것인가'라는 영원한 질문에 이어지는 신화적 (神話的)인 영위라고 생각합니다.

문5 생태환경 파괴와 오염 문제는 인류 생존과 직접적으로 연관된 문제입니다. 일본 후쿠시마(福島) 핵폐수는 영구히 지하에 묻어야 할까요? 바다로 내보내야 할까요? 당신은 어떻게 생각하십니까?

시바타 노조무 올바른 정보가 전달되는 것이 중요하다고 생각합니다.

과학적으로 안전한가, 안전하지 않은가. 안전하지 않다면 방류해서는 안 됩니다. 만약 안전하다고 한다면, 그 근거가 제시되어야 합니다. 마실 수 있을 정도로 안전하다고 정치가가 말한다면, 그 정치가가 오염수를 마셔서 안전성을 보여주어야 할 것입니다.

만약 지금까지 다른 나라에서는 일절 바다로 방류한 적이 없을 정도로 위험한 오염수를, 세계에서 일본만이 방류한다면 중지해야 할 것입니다.

어느 나라가 반대하고 어느 나라가 찬성하는지, 냉정하게 살펴보고 생각해야 합니다. 오염수 방류가 안전하다는 정보를 세계로 발신하고, 방류를 행하는 결정을 하는 것은 권력자의 상황입니다. 그것은 일본의 권력인가, 해외의 권력인가, 생각해야 합니다.

일본에 대해 오염수를 방류하라고 하는 압력을 가하고 있는 것 같은, 일본 이외의 국가가 있는 것은 아닌지 하는 의심을 가지고 있습니다. 지금까지의 역사를 돌아보면 분명해지지만 어떤 나라의 판단에 이의를 제기한 일본의 거물 정치가는 모두 실각합니다.

일본이라는 국가의 정치는 일본인만의 것은 아닌 듯합니다. 역사 전반의 흐름의 원인이며, 금전이나 이득의 흐름을 냉정하게 보고 판단해야 합니다. 권력자가 보도를 컨트롤하고 있습니다. 텔레비전이나 미디어의 뉴스에서 보도되고 있는 내용의 모든 것들이 진실은 아니라고 생각합니다.

잠깐, 시인의 사진

당신이 자주 찾아가는 그곳(골목, 아이들, 시장, 호수, 책방)은 당신에게 어떤 곳이며 어떤 시상을 던져줍니까.

한국에 발표하는 시 「벽」의 시상을 얻은, 20년 전의 오타루(小樽) 시입니다. 나는 지금도 걸어서 회사를 출퇴근합니다. 걸으면서 생각할 수 있는 것은 아주 큰 감사입니다.

'작은 새 반(班)'의 오후(ことり組の吾後)

아오키 유미코(靑木由弥子)

우선 겨드랑이 사이로 팔을 넣어 몸을 제어하고
호흡을 맞춘다, 심장 소리를 듣는다
땀이 뱄다가 식은 조그만 손
숨결이 고르게 되어온다
둘러싸고 있는 눈, 눈, 눈
잔물결처럼 이어지는 오열(嗚咽)을 건져 올려
'차례'로 애길 듣는다

바로 조금 전의 일
세상의 종말 같은 얼굴로
딱따구리처럼 정당성(正當性)을 주장해온 아이의
될 대로 되라 식 애기의 앞뒤 조리(條理)
밋쨩과 삿쨩과 고헤이 군*의
주장이 쌓아 올려졌다가는 무너지고
저쪽이 훤히 보이는 정자(亭子)에서
다리를 흔들흔들 물에 적시고 있는 기분

볼을 만지고 팔로 안고
배를 가볍게 찌르면서
서로 맞아떨어지지 않는 애기, 인내, 인내

쏟아내는 말의 조각들을 공중에 헤엄치게 하여
지혜의 고리처럼
짤가닥 짤가닥 흔들어 맞추고 서로 맞물리게 해서
몇 번이라도 눈을 보고 목소리를 듣고
그러는 새 모두 즐거워지게 된다
어깨에서 꽃이 피듯이 근질근질함을 벗어던진다
서로 웃고, 해산(解散)
사람과 사람 사이는
기실은 이처럼이나
부드럽게 풀려 가는데

벚꽃 철의 흐린 하늘 저편에서
먼 천둥소리

* 아이들의 이름. '짱'은 '씨'에 해당하는 일본어의 호칭 '상'을 애칭으로 부르는 말로, 주로 아이들에게 붙임. 표준 외래어표기법으로는 '창'이나 작품의 분위기와 어감을 살리기 위해 통칭인 '짱'으로 표기함. '고헤이 군(君)'은 남자아이 이름. (역자 주)

아오키 유미코(青木由弥子)

일본 도쿄도(東京都)에서 출생하여 사이타마현(埼玉県)에서 성장했다. 2015년 『시와 사상』을 통해 작품활동을 시작했다. 시집 『불인(不忍)』 평론집 『이토 시즈오(伊東静雄)—전시하(戦時下)의 서정』 등을 출간했다.

몇 가지의 문답,
아오키 유미코가 말한다

문1 이번에 한국에 발표하는 시 「'작은 새 반'의 오후(ことり組の午後)」는 어떻게 얻은 것입니까?

아오키 유미코 유치원에서 원아들의 보육을 하고 있는 때의 체험에서 이 시가 태어났습니다. 아이들이 서로 사이좋게 놀고 있을 때는 교사의 일은 안전을 배려하기만 하면 됩니다.

하지만 그러한 '평화'로운 시간은 오래 가지 않습니다. 바로 원아들 간의 트러블이 일어나기 때문에, 아이들의 주장을 들으면서 '해결=관계회복'의 교섭에 들어갑니다. 쌍방이 납득하는 '공평함'이란 무엇인가? 쌍방이 '됐다'고 생각하는 '대체안'은 있는가? 쌍방이 타협할 수 있는 '양보'나 '해결책'은 있는가?

바로 해결되지 않을 때는 계속 슬퍼하거나 화를 내거나 하기보다도 웃고 있는 쪽이 즐겁지 않겠습니까? 그래서 '강제적'으로 다른 즐거움 쪽으로 유도하기도 하고, 이런 '사소한 일'로 싸우고 있는 건 이상하지요? 우습지요? 하며 '제3자의 시각'을 깨닫도록 촉구하거나 합니다.

트러블은 대체로 물건을 서로 차지하려는 것이나 생각의 차이에서 발생합니다. 상대의 기분을 상상하여 생각을 듣는 데 해결의 실마리가 있습니다. 혼자 노는 것보다 다른 사람과 같이 노는 것이 훨씬 즐겁다, 새로운 연구나 잠시의 참음으로 그런 기쁨을 만날 수 있다는 걸 깨달으면 문제가 해결됩니다.

'누군가와 관계를 맺으면서 노는 방법=자기도 상대도 존중하면서 함께 하나의 퍼포먼스를 만들어가는 즐거움'을 기억해갑니다. 그렇더라도 어른들의 이웃 간의 언쟁이나 국가 간의 항쟁과 정말 많이 닮아 있습니다. 세계에서 무력 충돌이 일어났을 때도 동심의 솔직함으로 사람들이 마주 대한다면 곤란은 해소될 텐데… 그런 생각을 하면서 귀가한 어느 날, 러시아가 우크라이나를 침공했다는 뉴스를 들었습니다.

문2 이 시에서 당신이 가장 좋아하는 구절은 어디입니까? 독자에게 한 구절을 보여주십시오.

아오키 유미코 "어깨에서 꽃이 피듯이 근질근질함을 벗어던진다"

문3 당신의 시와 AI 문명과 매우 밀접한 관계가 있다고 생각하나요? 그렇지 않다고 생각하나요?

아오키 유미코 AI는 문자나 이미지에서 이미 공표된 방대한 데이터를 기반으로, 인간의 지시를 얻어 새로운 표현을 생성합니다. 사람의 자신의 오감으로 감수한 '아직 표현에 이르지 못한 것'과, 이미 표현으로서 공표된 타자의 감각이나 사고로부터 얻은 것을 조합하여, 관련시키면서 감정이나 사고를 양성(釀成)합니다. 오감으로부터 얻은 감각을 어떻게 언어화해갈 것인가라는 점을 나는 소중히 하고 싶기 때문에, AI 문명과는 관련이 얕다고 생각합니다.

문4 당신은 왜 계속해서 시를 쓰고 있습니까. 한마디로 말할 수 있겠습니까?

아오키 유미코 매일의 감각을 언어로 승화하여 확인해감으로써 이 세계에는 아름다운 것이 있다고 하는 사실을 실감할 수 있기 때문입니다.

문5 생태환경 파괴와 오염 문제는 인류 생존과 직접적으로 연관된 문제입니다. 일본 후쿠시마(福島) 핵폐수는 영구히 지하에 묻어야 할까요? 바다로 내보내야 할까요? 당신은 어떻게 생각하십니까?

아오키 유미코 인간은 언젠가 핵오염수를 정화하는 기술을 획득할 것이므로 그때까지 어떻게든 연구하여 핵오염수를 방류하지 말고 보관하고 있어야 한다고 생각합니다.

잠깐, 시인의 사진

당신이 자주 찾아가는 그곳(골목, 아이들, 시장, 호수, 책방)은 당신에게 어떤 곳이며 어떤 시상을 던져줍니까.

우리집의 반경 100미터 권내에 도로 안전을 기원하는 도조신(道祖神), 불교의 사찰, 관음보살을 섬기는 사당, 야하타(八幡) 신사, 이나리(稻荷) 신사 그리고 성프란치스코자매회의 수도원이 있습니다. 이런 장소에 살고 있기 때문에, 사람은 옛날부터 기도(祈禱) 가운데 살아왔다는 것을 체감할 수 있습니다. 그것이 나의 시에도 연결되어 있는 것으로 생각됩니다.

비정간 앤솔러지:
《아시아 포엠 주스》

몇 개의 문답과
서른여섯 명의 시인과
서른여섯 편의 시

Republic Of Korea(大韓民國)
대한민국 시편

가둔 물 밑에서

김이듬

간밤엔 잠을 이루지 못했습니다
밤의 절벽에서 해 떠오르는 산 너머까지
위태로운 줄을 붙들고 건넜습니다

이 산악 마을엔 사망자가 한 명도 없습니다

문장들 다 부서지자 아침입니다
눈이 쏟아지는 아침입니다

당신의 협곡에도 흰 눈 내립니까
그곳에도 첫눈이 오나요
파쇄한 백지처럼 눈보라치나요

저수지 쪽으로 내려오는데 당신이 나를 붙드는 줄 알았어요
내 솔이 바위틈에 낀 줄도 모르고

여기 온 지 얼마 안 되어 이 세계를 잘 모르겠어요
물 위로 내리는 눈송이같이
물속에서 반짝거리는 회색 숲같이

당신이 계신 그곳에도 신년이 시작되나요
영원히 아무도 태어나지 않는 곳을 낙원이라고 하나요
죽으면 다시 죽지 않습니까

이 마을엔 사망자가 단 한 사람도 없습니다

김이듬

경남 진주에서 태어났다. 2001년 계간 『포에지』를 통해 작품활동을 시
작했다. 시집 『히스테리아』 『투명한 것과 없는 것』 등을 출간했다. 연
구 서적 『한국현대페미니즘 시연구』가 있다.

몇 가지의 문답,
김이듬이 말한다

문1 이번에 한국에 발표하는 시 「가둔 물 밑에」는 어떻게 얻은 것입니까?

김이듬 작년 12월 초, 첫눈 내린 날, 전남 담양에 있는 명옥헌에 가서 연못에 비친 세상을 보며 시상을 얻었습니다. 어쩌면 지금 이곳이 사후 세계가 아닐까 하는 생각을 했습니다.

문2 이 시에서 당신이 가장 좋아하는 구절은 어디입니까? 독자에게 한 구절을 보여주십시오.

김이듬 "이 마을엔 사망자가 단 한 사람도 없습니다"

문3 당신의 시와 AI 문명과 매우 밀접한 관계가 있다고 생각하나요? 그렇지 않다고 생각하나요?

김이듬 이미 AI가 쓴 시집이 출간되었다는 사실을 압니다. 그러나 저는 이러한 문명에 대한 저항은 없습니다. 시는 자신과 마주하는 일이기에 AI의 작품과의 차별성에 대해 낙관하며 염려하지 않습니다.

문4 당신은 왜 계속해서 시를 쓰고 있습니까. 한마디로 말할 수 있겠습니까?

김이듬 시는 제게 말이며 침묵이며 호흡입니다. 시가 곧 삶이죠.

문5 생태환경 파괴와 오염 문제는 인류 생존과 직접적으로 연관된 문제입니다. 일본 후쿠시마(福島) 핵폐수는 영구히 지하에 묻어야 할까요? 바다로 내보내야 할까요? 당신은 어떻게 생각하십니까?

김이듬 후쿠시마 핵폐수를 해양에 방류하고 있지만…… 그것은 멈추어야 한다고 생각합니다. 인류 전체를 위한 최선의 방법을 모색할 필요가 있다고 생각합니다.

잠깐, 시인의 사진

당신이 자주 찾아가는 그곳(골목, 아이들, 시장, 호수, 책방)은 당신에게 어떤 곳이며 어떤 시상을 던져줍니까.

저는 최근 담양에 있는 창작 레지던시의 입주 작가로 생활하고 있습니다. 그래서 인근 정자나 숲으로 산책을 가곤 합니다. 이 사진은 첫눈 오던 날(2023.12.1.), 명옥헌 연못가를 걸을 때이고 아는 시인이 몰래 찍었다며 저에게 주었습니다.

귀거래사

황인찬

어제까지 우리는 여름에 있었는데 해변에서 바다를 보고 있었는데
비행기에서 내리면 겨울이 우리를 기다리고 있는 것이다 밤의 비행기
를 타고 아래를 내려다보면 빛이 너무 많아서 깜짝 놀라게 될 것이다
저게 서울이냐고 내가 물으면 너는 아니라고 할 것이다 서울을 지날
때쯤이면 어이가 없을 정도로 지상에 빛이 가득해진다고 그때서야 이
제 겨우 집이구나 그런 생각이 들어서 안심하게 된다고 그렇게 말할
것이다 공항을 벗어나면 와 춥다 정말 추워 말하며 버스에 탈 것이고
그때부터 우리의 생활이 시작될 것이다 서로를 사랑하면서 불빛 가
득한 도시에서 살아가겠지 내 곁에 잠든 너를 보면서 그런 생각을 했
는데

너는 여기가 서울이 아니라고 한다

버스를 타고 집에 들어와서도 잠들지도 않고 먹지도 않고 불 꺼진
방에 누워 아직 아니라고 여긴 아니라고

황인찬
경기 안양에서 출생했다. 2010년 『현대문학』을 통해 작품활동을 시작했
다. 시집 『사랑을 위한 되풀이』 『이걸 내 마음이라고 하자』 등을 출간했다.

몇 가지의 문답,
황인찬이 말한다

문1 이번에 한국에 발표하는 시 「귀거래사」는 어떻게 얻은 것입니까?

황인찬 밤 비행기를 타고 돌아오던 길에 내려다보았던 도시의 빛이 오래도록 마음에 남아 있었습니다. 저 수많은 빛이 모두 사람이 만들어낸 것이라는 당연한 사실이 새삼 놀랍게 느껴졌습니다. 그 새삼스러운 놀라움이 시로 이어졌습니다. 시의 제목은 도연명의 시에서 가져온 것입니다.

문2 이 시에서 당신이 가장 좋아하는 구절은 어디입니까? 독자에게 한 구절을 보여주십시오.

황인찬 자신의 시를 그다지 마음에 들어 하는 편은 아니지만, 시의 첫 문장인 "어제까지 우리는 여름에 있었는데 해변에서 바다를 보고 있었는데 비행기에서 내리면 겨울이 우리를 기다리고 있는 것이다"를 꼽을 수 있을 것 같습니다. 예전에 문득 떠올라 적어두었던 문장을 이번 시에서 사용할 수 있었습니다.

문3 당신의 시와 AI 문명과 매우 밀접한 관계가 있다고 생각하나요? 그렇지 않다고 생각하나요?

황인찬 지금의 대형 언어 모델이 이룬 성취를 보며 사유와 판단이란 언어의 패턴이 만들어내는 스타일에 종속되어 있다는 사실을 다시금 깨닫습니다. 스스로 발화하지 못하는 오늘날의 AI에게 문학 행위는 불가능하다고 생각하는 분들도 계시겠지만, 저는 시인 또한 결국 다른 모든 것에 연루되었기에 발화하는 존재라 생각합니다. 그렇게 본다면 AI의 문학 행위 또한 현시점에서 이미 가능한 것이라 볼 수 있을 것이며, 저의 시 또한 대형 언어 모델과 닮은 점이 없다고는 말할 수 없을 것입니다. 자연이 우연히 만들어낸 돌을 보면서 아름다움과 의미를 읽어낼 수 있다면, 그리고 다른 누군가가 무심코 뱉은 말에서 우리 삶의 이치를 헤아릴 수 있다면, 기계가 출력한 언어 뭉치에서도 같은 일이 가능할 것입니다. 다만 그것을 우리가 어떻게 수용하고 판단하느냐 하는 것이 문제가 되겠지요.

문4 당신은 왜 계속해서 시를 쓰고 있습니까. 한마디로 말할 수 있겠습니까?

황인찬 저에게 시는 이 세계를 이해하는 가장 복잡하고 부적절한 방법입니다. 그러나 그 부적절성이야말로 우리가 삶을 대할 때 가장 유용한 도구가 될 수 있다고 믿습니다.

문5 생태환경 파괴와 오염 문제는 인류 생존과 직접적으로 연관된 문제입니다. 일본 후쿠시마(福島) 핵폐수는 영구히 지하에 묻어야 할까요? 바다로 내보내야 할까요? 당신은 어떻게 생각하십니까?

황인찬 적절한 수준에서의 처리가 가능할 때까지 핵폐수 방류를 보류해야만 한다고 생각합니다. 처리 수준에 대해 의견이 갈리는 지금은 핵폐수 방류를 하기에 적절한 시기가 아닐 것입니다. 후쿠시마 원전 1호기와 2호기는 여전히 멜트 다운 중이며, 완전한 폐로 또한 요원하다고 알고 있습니다. 세계 어딘가에서 원전이 작동하고 있는 한 우리에게는 처리 곤란한 고민이 계속 생겨날 것입니다. 궁극적인 의미에서의 탈원전을 향한 논의가 본격적으로 필요합니다.

잠깐, 시인의 사진

당신이 자주 찾아가는 그곳(골목, 아이들, 시장, 호수, 책방)은 당신에게 어떤 곳이
며 어떤 시상을 던져줍니까.

집 앞에는 도림천이라는 작은 천이 흐르고 있습니다. 원래 그 위로는 근처 주민들의
통행을 위한 육교가 설치되어 있었는데, 갑작스럽게 육교가 휘어져 결국 철거되고야
말았습니다. 통행은 불편해졌지만, 아이러니하게도 육교가 철거되고 나서야 집 앞의
풍경을 제대로 볼 수 있게 되었습니다. 걷다 말고 도림천에 살고 있는 오리들을 가만
히 지켜보는 것이 요즘의 일상입니다.

뒷바다

장대송

중학교 졸업하던 해 지나치긴 했어도 만나지 않았던 그이를 어찌어찌해 연락이 닿았고 처음 만나 사과술도 마셨지요.

눈길 위에서 난 도회로 그이는 집으로 서로 돌아서려는데, 딱히 둘 다 돌아갈 곳이 없다는 걸 안 순간 그 흔한 외삼촌의 노름빛이 되어 있었지요.

몇 번 정도는 지나칠 만큼 같은 일을 하는 그이를 처음 본 순간 외삼촌이 노름빛으로 탕진한 묵정밭에서 하얀 서리 옷을 입은 수숫대가 꾸부정하게 서서 반짝이는 것을 보았습니다.

무당개구리가 흐린 연못에 뛰어들자 물이 파래지는 걸 보았고 누런 개구리가 파란 여울에 뛰어들자 물이 누렇게 일어나 뒷바다로 가고 나는 그 물에 눈을 씻으며 울었습니다.

동학군 동식 형 아버지가 뛰어든 바다는 밤처럼 고요한 뒷바다로 끝내 시신을 찾지 못한 채 장례를 치렀고 겨울철 골목마다 따뜻하게 서 있던 형은 스무 살이 되기 전 목을 매달았습니다.

자살은 여우가 뒤란 쑥대밭을 지날 때 죽음을 슬쩍 놔두고 갔다는 말은 할매들의 입에서 나왔고 그의 아버지는 동학군이었기에 그 유혹을 떨치지 못했다는 말은 신기 떨어진 무당의 입에서 나왔습니다.

가을 운동회를 끝낸 운동장에서 누군가 한입 베어 물고 버린 사과를 또 베어 물은 후 삶을 끝냈다는 소문은 고향을 다시 찾았을 때 이모 집 외양간을 가는 길에 있는 상엿집에서 흘러나온 얘기였습니다.

전생에 나는 자살을 했고 북쪽에서 온 손님처럼 나는 우두커니 서서 그 관뚜껑을 열면서 들은 앞바다의 얘기로는 나의 자살을 들물만 안다고 했습니다

밤새 그리워하다가 아침에 눈을 뜨니 그이의 이름 잊어버리는 일때문에 시를 씁니다

나를 태우고 떠났던 상엿집 앞에서 옹이가 빠져나간 문짝구멍으로 안을 들여다본 후 문을 두드리는 사람이 사람 맞습니까.

시뻘건 부지깽이가 되어 젖은 나무를 지져는 봤습니까, 하여 젖은 나무는 되어봤습니까.

스쳐만 봤지 본 적 없는 그이를 남부터미널에서 보내면서 그를 향해 내 이름을 불러봤습니다.

장대송

충남 안면도에서 출생했다. 1991년 동아일보 신춘문예 당선으로 작품활동을 시작했다. 시집『옛날 녹천으로 갔다』『스스로 웃는 매미』 등을 출간했다.

몇 가지의 문답,
장대송이 말한다

문1 이번에 한국에 발표하는 시 「뒷바다」는 어떻게 얻은 것입니까?

장대송 고향 후배가 운영하는 우이동 '광이발소'에서 이명훈 시인과 이발을 하던 중 고향 천수만에 관한 얘기를 주고받다가 이명훈 시인의 권유로 쓰게 되었습니다.

문2 이 시에서 당신이 가장 좋아하는 구절은 어디입니까? 독자에게 한 구절을 보여주십시오.

장대송 "전생에 나는 자살을 했고 북쪽에서 온 손님처럼 나는 우두커니 서서 그 관뚜껑을 열면서 들은 앞바다의 얘기로는 나의 자살을 들물만 안다고 했습니다."

문3 당신의 시와 AI 문명과 매우 밀접한 관계가 있다고 생각하나요? 그렇지 않다고 생각하나요?

장대송 AI 시대인 것은 분명한 것 같습니다. 지난 1년간 여기저기 누구나 할 것 없이 챗봇에 관한 얘기들이 문예지나 포럼에 주된 내용이었습니다. 문학과 AI의 관계는 한두 마디로 할 수 없으며 작가들이 계속 고뇌해야 할 과제입니다. AI 담론이 풍성하지만, 그 바탕에서 철학적이며 초월적인 인식이 필요합니다.

문4 당신은 왜 계속해서 시를 쓰고 있습니까. 한마디로 말할 수 있겠습니까?

장대송 처음 시를 쓴 20여 년은 시인이라는 옷을 입기 위해서였던 것 같습니다. 10여 년의 공백을 거치면서 본질이나 관념을 째고 들어가고 싶다는 욕망, 시를 통해 해보고 싶다는 치기가 생겼습니다.

문5 생태환경 파괴와 오염 문제는 인류 생존과 직접적으로 연관된 문제입니다. 일본 후쿠시마(福島) 핵폐수는 영구히 지하에 묻어야 할까요? 바다로 내보내야 할까요? 당신은 어떻게 생각하십니까?

장대송 후쿠시마 오염수를 해양에 방류하는 것과 영구 매장하는 것 중 어떤 것이 더 중요한 것인가를 선택해야 한다면 영구 매장이 더 합리적일 것입니다. 그러나 그런 선택 이전에 핵이 가지고 온 인류와 지구 우주에 미칠 영향들을 생각하는 것이 전제되어야 할 것입니다.

잠깐, 시인의 사진

당신이 자주 찾아가는 그곳(골목, 아이들, 시장, 호수, 책방)은 당신에게 어떤 곳이며 어떤 시상을 던져줍니까.

서울 강북구 우이동 순국선열 둘레길이 주 산책로입니다. 반복되는 산책이지만, 들고 간 사유가 어떤 것인지가 더 중요하다는 것을 알게 되었습니다.

만경창파(萬頃蒼波), 장난꾸러기들
고형렬

미시령길 눈 내려 질척였다, 물가로 내려가는 길 내려갔다
달도 바람도 우리처럼 춥지 않고
아는 것이 모두 없어졌기에
잠시 멈췄다, 어둑한 거리 내다보고 바람 속에 한 잔 뿌린다

투명한 소주잔에 죄 많은 내 손 따른 술 눈으로 보다가
홀짝, 또 홀짝 두 번 얼른 털어 넣고
눈도 위도 아려올 때쯤,
노릇하게 익은 알밴 양미리 한 마리 꼬리 잡아 허공에 세운다
눈 붙은 대가리 따서
거꾸로 입 안에 넣고 뼈째 우물우물 아, 동해 양미리

그때, 한뎃바람은 가버리라, 가버리자 노지와 방파제를 쳤다
바다는 지붕이 없는 곳
아발로키테 스바라, 나 이렇게 살았다고 기록에 남겨주세요
종아리 피투성이 되고 남습니다

잘쏙거리는 그대는 그대에게 장난꾸러기, 사실 나는
나에게 장난꾸러기
불빛 없는 모자탑을 지나 거꾸로 걸어가는 아기 같은 남자

어둠 속에 조금씩 다시 흩날리는 눈발,

앞으로 겨울은 부스럭, 어느 담을 돌아 내 곁이 될 수 있을까
밤 나뭇가지 끝에서 떨며 죽는다
흔들리라 밤이여, 혼자 가마득한 은하수의 과거지사가 되네

같이 물젖은 마음이라도
아무도 저 바닷물을 다 마실 수는 없을거야
하마하마 겨울날이 궁해지면
눈앞에 찾아오겠지, 아무리 살아도 목마름과 회한으로 가득 찬
우리만 찬란해,

바다, 잘 가라고 막지 말고 어둠의 눈구멍 활짝 열어놓아라

고형렬
강원 속초에서 태어났다. 1979년 『현대문학』을 통해 작품활동을 시작했
다. 첫 시집 『대청봉(大靑峯) 수박밭 장시 『리틀 보이』 시선집 『바람이 와
서 몸이 되다』 등을 간행했다. 피터 보일(Peter Boyle), 호세 코저(José
Kozer) 등의 시인들과 함께 '렌시(Reishi)'에 참여하고 있다.

몇 가지의 문답,
고형렬이 말한다

문1 이번에 한국에 발표하는 시 「만경창파(萬頃蒼波), 장난꾸러기들」은 어떻게 얻은 것입니까?

고형렬 바닷가에서 지내면서 이인증이 생겼습니다. 너무 오래 밖에서 지냈기 때문일 것입니다. 가끔 어떤 무애의 불안증이 올라오고 산속에 내리는 '비' 같은 우울이 찾아옵니다. 또 춥고 적막하고 외부와 잘 소통되지 않습니다.

땅 위에 사람이 살고 바닷속에 물고기가 사는 것은 당연한 일인데 그날은 이해되지 않았습니다. 사실은 설명할 수 없는 것이 온 것이었지요. 환한 원전의 불빛 사이로 안 보이는 것들이 자기를 보여주고 사라졌습니다.

이 '모름겠음'이 나의 새 친구입니다. 시에 불분명한 변명과 면피의 심리가 숨어 있는 것은 당연할 것이겠습니다.

문2 이 시에서 당신이 가장 좋아하는 구절은 어디입니까? 독자에게 한 구절을 보여주십시오.

고형렬 "아무도 저 바닷물을 다 마실 수는 없을거야"

문3 당신의 시와 AI 문명과 매우 밀접한 관계가 있다고 생각하나요? 그렇지 않다고 생

고형렬 기존의 문학 형식과 내용이 한계에 다다른 것 같습니다. 독자들은 새로운 소설과 시를 기다립니다. 어디서도 세계적인 걸작과 지역의 문제작은 나오지 않고 있습니다.

AI가 문학(인)의 고유한 영역을 빼앗는다고 생각지 않습니다. AI가 새로운 문학의 길을 열어줄 수 있다면 두려워하지 말고 실험할 수 있어야 한다고 생각합니다. AI 바둑이 기존의 정석을 모두 바꿈으로써 361집의 반상은 새로운 길을 열었다고 합니다. 새로울 것이 없을 것 같아도 신의 한 수를 배워야 합니다. 한 수는 패러다임을 바꿉니다.

인지과학의 측면에서 볼 때, AI 문학의 희망에는 좀비나 비인(非人)이 아닌 더 인간적인 자기 모습을 발견해야 하는 과제가 있습니다. 어쩔 수 없이 순수가 아닌 잡종과 혼돈, 여탈과 난처(難處)는 문학이 살아갈 몸이고 길입니다. 이 세계는 낙원이 아닙니다. 인간중심주의에 의한 판단을 벗어나 빅데이터에 의한 AI 비평도 기대해볼 만하다고 생각합니다.

그러나 어떤 AI의 장르라도 자본의 탐욕과 과학의 무모함을 극복하고 자제하며 지구의 생태와 인류의 삶을 존속시키는 데 양식과 거름이 돼야 할 것입니다.

문4 당신은 왜 계속해서 시를 쓰고 있습니까. 한마디로 말할 수 있겠습니까

고형렬 불가피(不可避)하기 때문입니다.

문5 생태환경 파괴와 오염 문제는 인류 생존과 직접적으로 연관된 문제입니다. 일본

후쿠시마(福島) 핵폐수는 영구히 지하에 묻어야 할까요? 바다로 내보내야 할까요? 당신은 어떻게 생각하십니까?

고형렬 일본은 팔십여 년 전에 두 도시가 원자폭탄으로 피폭되었고 2011년 3월 12일 오후 3시 반 경에 후쿠시마 제1원자력발전소가 폭발했습니다. 비극적인 피폭 국가입니다.

지진이 잦은 일본은 열도(列島) 내의 지하매장은 위험합니다. 유동하는 해양으로의 방류(2023년 8월 24일)는 더 위험합니다. 그들은 아쉽게도 세계시민의 지혜를 모아 제3의 길을 찾아 함께 생태윤리의 길을 보여주는 주체 역할을 하지 못했습니다.

끔찍한 핵폐기물(핵폐수→오염수→처리수-희석수?)을 가득 내장한 후쿠시마는 링거를 꽂은 바다의 아기를 가슴에 안고 "괜찮아." "삼십 년만 참자" 하고 달래는 이상한 어머니와 같아 보입니다.

후쿠시마 밤바다는 사레들린 물의 비명(悲鳴)만 가득할 것 같습니다. IAEA 동의하에 일본의 핵폐수 해양 투기는 우리 모두를 공범자로 만들었습니다. 우리는 너무 많은 전기를 사용하고 있고 밤의 지구는 쓸데없이 너무 밝은 것 같습니다.

잠깐, 시인의 사진

당신이 자주 찾아가는 그곳(골목, 아이들, 시장, 호수, 책방)은 당신에게 어떤 곳이며 어떤 시상을 던져줍니까.

속초 영랑호 멀리 보이는 곳이 출생지 사진리(모래기)입니다. 그 너머는 동해이고 그 맞은 편 이쪽이 설악입니다. 모친(이동녀)은 전쟁이 끝난 어느 날, 이 영랑호가 태몽에 나타났다고 가끔 저를 처다보며 말씀하시곤 했습니다.

작은 배에 혼자 앉아 호수 한가운데로 줄을 당겨 나아가는데 커다란 물고기 한 마리가 치마폭에 펄쩍 뛰어올라 안겼답니다. 깜짝 놀랐지만 좋았다고 하셨습니다.

(2024년 1월 28일 촬영)

스마트 소설가가 시인에게

중얼중얼 노래하고 투덜대는 시인,
밥 딜런(Bob Dylan)
주수자

최근 어떤 문학지에서 이런 글을 읽었다.

"……바야흐로 문학이 사라질 위기에 있음이 확연해지고 있다. 세상에서 가장 명예롭다는 노벨문학상마저도 문인이 아닌, 가수에게 자리를 내주게 되었으니……"라고 통탄하는 글이었다. 그때 나는 그 통탄에 외려 통탄하지 않을 수 없었다. 밥 딜런이 노벨문학상을 받은 지가 언제인데 아직도 이런 언급이 있어 놀랐고, 또한 한국 문인들이 그를 시인이라 여기지 않는다는 점에 놀랐다.

얼핏 들으면, 밥 딜런 노래는 중얼중얼 투덜투덜대거나 또는 난장판으로 시끌벅적하게 외치는 듯하다. 하지만 더 섬세하게 들어보자면 그의 가사 리릭(lyrics)은 언제나 새롭고 심오하고 깊은 울림을 준다. 이를 쉬이 알아들을 수 없는 외국인이 곡해하는 것도 어찌 보면 당연하다. 밥 딜런의 곡들은 사랑이나 정서에 호소하는 팝뮤직과 거리가 멀고 뿌리도 다르다. 멜로디라는 음악적인 요소가 대체적으로 중시되지 않는 편이다. 게다가 그가 노래를 썩 잘 부르는 가수도 아니다. 판소리처럼 거친 소리를 내며 불협화음처럼 조화롭지 않게 들릴 때도 많다.

그러나 확연하게 드러나는 차별성은, 그의 노래가 '시'라는 점에 있다. 눈으로 '읽는 시'가 아니라 귀로 '듣는 시'이다. 물론 밥 딜런이 이런 형식을 발명한 것은 아니다.

그가 이어가고 있는 전통은 중세의 '음유시인'으로 연결되고, 멀리는 고대 그리스 시절에 서사시를 낭송하며 떠도는 '방랑시인'에 근거한다. 가창 스타일이 판소리와 비슷하기도 하지만 우리 판소리는 일단 텍스트가 정해져 있어 창조성의 여지가 좁은 편에 비해 밥 딜런의 노래 가사는 전부 그의 순전한 창작품이다.

갈림길을 하나 더 보태자면, 멜로디로 정서를 전달하기보다는 노랫말로 내면의 울림을 준다는 점이다. 그의 노래는 언제나 언어의 힘에 더 무게를 두고 있다. 음악이 가지고 있는 힘이 아니라 문학이 가지고 있는 힘이다. 그런 이유로 밥 딜런 노래의 정체성은 문학 장르에 있어서의 '시'에 근접해 있다.

종이를 통해서는 노래를 들을 수 없기에, 또 딜런의 600곡을 다 논하기는 힘들기에, 여기선 한 곡만 선정하여 1절만 짧게 들여다보자.

*

〈Sad Eyed Lady of the Lowlands 슬픈 눈의 여인〉은 1966년 초기작으로 11분도 넘는 발라드풍 시다. 본질상 시는 번역이 불가능한 장르라, 오역일 가능성이 높지만 노래의 앞부분만을 번역해본다.

Sad Eyed Lady of the Lowlands
지상의 낮은 땅에 있는, 슬픈 눈의 여인

With your mercury mouth in the missionary times

And your eyes like smoke and your prayers like rhymes

세상에 복음을 전하던 시절 그대의 간절한 머큐리 입술

검은 연기 같은 눈동자, 노래 같은 기도

And your silver cross and your voice like chimes

Oh, who do they think could bury you?

그대가 간직한 은빛 십자가, 종처럼 맑은 목소리

오, 누가 그대를 무덤 속에다 숨길 수 있을까

With your pockets well-protected at last

And your streetcar visions which you place on the grass

그대 손에 쥔 작은 책들이 당신을 지켜주었네

푸른 들판에 펼쳐진 험난한 그대의 꿈들을

And your flesh like silk and your face like glass

Who could they get to carry you?

비단같이 부드러운 육체, 유리알처럼 맑은 얼굴

누가 그대를 홀연히 사라지게 할 수 있을까

Sad-eyed lady of the lowlands

Where the sad-eyed prophet says that no man comes

슬픈 눈을 한 여인이여, 지상의 가장 낮은 땅에 있는

슬픈 눈의 선지자가 아무도 오지 않을 거라고 말했던 이곳에

My warehouse eyes, my Arabian drums

Should I put them by your gate, or sad-eyed lady, should I wait?

나에게 저장된 눈빛, 내가 노래할 아라비아 악기들,

이제 그대 문 앞에 내려놓아야 하나요, 모든 것을? 슬픈 눈의 여인이여, 기다려야

하나요?

시가 그러하듯, 위대한 문학 작품이 그러하듯, 이 곡의 해석들도 다양하다. 누구는 이해 불가한 '이미지'라고 하고, 누구는 결혼식 행렬과 장송곡이 혼합적으로 겹쳐 있다고 하고, 누구는 슬픈 눈의 여인이 꿈과 악몽, 선과 악, 완성과 후회가 교차하면서 리듬으로 시간을 지우고 있는 '시' 같다고 했다. 또한 1866년 영국 시인 스윈번(Swinburne)의 시처럼, 자신의 '안티 마돈자(anti-madonna)'에게 계속 절규하는 기도 같은 '노래'라고 어떤 문학 비평가는 읽기도 했다.

아무튼 전체적인 이미지가 풍요롭고 상상력을 자극하는 말의 향연이다. 웬만한 현대 시인도 울고 갈 판이다. 언어의 작은 '겨자씨'로 거대한 '숲'을 만들어내는 것이 시가 아니겠는가!

*

다시 차분하게 생각해보면 그 문학지의 글도 수긍이 간다. 얼마든지 그럴 수 있다. 밥 딜런이 등단한 시인도 아니고, 예술원 회원도 아니고, 대학에서 문학을 전공하지도 않았다. 그런데 노벨문학상? 하고 의아해할 수 있다. 우리가 시인이라 규정하고 있는 전형적인 틀에서

밥 딜런은 벗어나도 한참 거리가 먼 데도 불구하고, 어찌 문학인들이 최고의 명예로 여기는 노벨상을 타게 되었는가를 문인으로서 의문을 던져보는 것이 외려 맞다.

그런데? 정말로? 나를 비롯한 문인들은 '문학'이란 등단한 사람들 만의 것이라고 여기고 있는 걸까. 또는 문학의 울타리 안에 있는 글만 을 '문학적'이라고 생각하고 있는 걸까. 알게 모르게, 그렇게 규정하고 있는 것은 아닐까. 사회도 이에 편승해주고 있고. 대중도 그렇게 순순 히 받아들이고. 대부분 문학지도 등단하지 않는 작가의 글은 싣지 않 는 걸 보면……

밥 딜런의 고향은 미국 북쪽의 오대호 중 맨 서쪽에 있는 슈피리어 호(Lake Superior)를 동쪽에 둔 딜루스(Duluth)입니다. 이곳에서 그는 매서운 바람을 맞으 며 유년 시절을 보냈습니다.

그렇다면 문학 장르라는 울타리를 넘어 세상에서 살아 돌아다니는 글은 어떻게 봐야 할까 질문이 떠오른다. 만약 인터넷 공간에서 만나는 촌철살인 위트로 사람을 위로하는 댓글이 있다면, 또는 통찰을 주고 상상력을 열어주는 연설문이 있다면, 또는 내용이 심오하고 인간 심연을 흔들어대는 노래 가사들이 있다면, 장르를 넘어 사람들과 충분히 소통하는 지혜로운 글이 있다면…… 이러한 글들은 모두 혹시 문학에 속하는 게 아닐까? 마치 요리는 특별난 사람만 하는 행위가 아니듯이. 정작 중요한 것이 그릇이 아니라 그릇 안의 내용이고, 인간에게 생명을 주는 것은 오직 그릇 안에 든 음식이듯이.

사실 밥 딜런이 노벨문학상에 적임자이냐 아니냐는 후차적 문제이다. 나는 그를 셰익스피어 또는 호머에 버금가는 시인으로 추앙하거나 신비화시키고 싶지 않다. 그럴 의도도 없거니와 이 글의 논지도 아니다. (나는 그의 열성 팬도 아니다) 다만 밥 딜런 스스로가 자신의 정체성을 '음유시인(singer poet)'으로 삼고 있는 데에 강렬하게 동의한다. 또한 그에게 노벨문학상을 준 스웨덴 아카데미의 눈 밝음에도 적극적인 박수를 보내고 싶다.

추신을 할 겸 하나만 더 보태자면, 노벨상에 대한 그가 보인 태도는 어떠했는지 기억해본다. 노벨상을 받으려고 매해 안달했던 어떤 문인이나 어떤 나라와는 달리, 스웨덴 한림원이 뭐라 하든지 말든지, 아무 대응이나 아무런 흔들림 없이, 매일 밤 카페에서 대중을 위해 노래를 부르고 있지 않았던가? 과연 시인답다!

밥 딜런의 노벨문학상에 관한 찬반론은 여전히 존재하고 있지만 국내에서 이런 언급들이 있어 덧붙여본다. 가장 인상적 코멘트는 오마이뉴스(Ohmy News)의 영화 평론가로부터였다.

"시인이라는 건 결국 누군가에게 '언어'를 선물하는 것이다. 그런 측면에서 밥 딜런은 어떤 시인보다 더 많은 사람에게 '언어'를 선물했다. 그의 영향력은 말할 것도 없고."

그 어떤 문학인보다 "시가 무엇인가"를 한마디로 잘 정리한 날카로운 촌평이었다.

또한 중앙일보의 한 음악 평론가의 언급도 있었다. 그의 통찰은 문학계에 한층 더 서늘한 경종을 울렸는데, 그는 이렇게 말했다.

"밥 딜런의 노벨문학상으로 '21세기의 문학이 무엇인가'라는 화두가 문학계에 던져졌다. 시는 태초에 노랫말에서 출발했고 전통적인 문학의 영향력이 약해진 만큼 활자 안에 갇힌 문학의 개념을 확장할 때가 아닐까."라고 했다.

문인들이 아닌 이들이 문학인들보다 더 깊고 시원적인 문학관을 가졌다는 점에 적이 놀라지 않을 수 없었다. 또한 나 역시도 문학인으로서 편협한 관점과 문학 장르의 좁은 틀에 안거했던 것만 같아 부끄러움을 느꼈다.

그렇다, 앞서 문학지가 우려했듯이 문학이 쉬이 쇠퇴하거나 사라지지 않을 것이다. 디지털 시대를 만나 문학의 틀이 바뀌고 약화될지언정, 인간이 지구에서 사라지지 않는 한, 문학은 지구 땅과 함께 존재할 것이다. 왜냐? 인간이 문학이고, 언어란 인간 영혼 그 자체이므로.

주수자

서울에서 태어났다. 2001년『한국소설』을 통해 작품활동을 시작했다. 소설집『버펄로 폭설』시집『나비의 등에 업혀』등을 출간했으며, 희곡「공공공공」을 연극 무대에 올렸다. 최근에 소설집『빗소리 몽환도』가 영국, 몽골에서 출간되었다.

비정간 앤솔러지:
《아시아 포엠 주스》

몇 개의 문답과
서른여섯 명의 시인과
서른여섯 편의 시

한국에 거주하는
외국 시인 편

댄 디즈니(Dan Disney, 오스트레일리아—서울)
번역 정은귀

제이크 레빈(Levine, Jake, 미국—대구)
번역 제이크 레빈

실체들//속에서(in//substantialities)
非인간적 사유를 번역하는 12가지 방법
댄 디즈니 (Dan Disney), 정은귀 (번역)

//

간밤의 진창 날씨 담고 있는
돌 구유, 길쭉한 평면에 평평히
담긴 빗물이
새벽을 붙잡고, & 제비는
거울을 마시고, 하늘로 배부르다 // 오전 2 시 4 분, & 수직으로
내려치던 비바람의 북소리
멈추다, 밤은 소리 없는
수의 입고,
갑작스레 생명으로 가득 차, 침묵은
존재하지 않는 사물의
보이지 않는 이미지를 문법화하네

//

더 높이, 스님의 땅에서, 세 번의
계절 동안 두 그루 소나무를 보며, 우리는
침엽수 뾰족한 끝에 뒤엉킨 칡을 살피고는
아무 말없이, 수긍한다, *우리는*
그들의 인간이고, 이건 우리의 소나무라고, 우리는
매번 산에 또렷이 새겨진 우리 선조들에게
인사를 하고, 마치 빈 공간
안의 무엇인 양, 생각의 층을 통한

하의 패턴인 양   // 스스로 되뇌며, *보아라,* 낮은 느릅나무
                         황혼녘의 어미 매는 모두 동사다.
                         연못 수면에서 자신을 지켜보고
//   & 또 그 너머 자신을 지켜보고
& 천둥 치고, 폭포의 새로운 길
우리의 줄거리가, 예행연습 없이, 산의 틈새
어딘가에서 시작하고, 대단원으로 하늘에서
끝이 난다   // & 오늘 아침, 초록 빛을 가로질러
                         촘촘한 소나무 숲에 가, 나는 담비 해골을
                         흙 구덩이에 묻었다. 이것을
                         미래의 시스템으로 생각하며,
                         여기 내 지분은 없었지.

//

하지만 디젤 발전기의 대위법적 덜컹거림에
명랑한 바람 속에서 종소리는 이의를 제기하고, & 나는, 다시,
*애착*을 묵상하네, 명상으로 꽉 찬
내 뒷목덜미에, 그 진드기 더 깊이
파고들어   // 밤새도록, 밤은 연못 가장자리
                         유일한 개구리를,
                         느린 심장으로 팔딱이게 하네,
                         & 종 모양의 입을 한 *개구리는* 그 다음,
                         *개구리 아닌 것*이 되네, 희망의 여운 속에
                         소망의 필요 속에.

//

& 마당 수도꼭지를 돌리자 성가신 소리
그리곤 갈색 물방울 똑똑 떨어지고 & 그러다

금빛 호박벌처럼 금속 꽃이 터져 나와,   털썩,
내 아내 엄지손가락만한 크기 (& 우리는 윙윙거리네
회절에 의한 경이로
인간의 목소리로)   //   다시 그녀는 그 저녁을
                회상한다.   두근거리는
                눈 & 풀려난 하얀 개가
                얼어붙은 시냇물과
                같은 말을 했지

//

비는 자생적인 구문론 &
절에 있는 종은 몸부림치는 우리 심장과
비슷해서,   다시 우리는
절을 하고,   우리 마음은 이제 안팎이 뒤집혀
현재진행형으로,   *여전히 있는 우리의 고요에 의해*
집중적으로 *부딪친다*   //

댄 디즈니(Dan Disney)

호주의 빅토리아주 베언즈데일(Bairnsdale)에서 출생했다. 1997년에 『호
보(HOBO) Poetry Magazine(1997)』을 통하여 작품활동을 시작하다.
시집 『either, Orpheus』 『>>> & ||』 (심적 기호로서 'accelerations &
inertias =가속도와 무력증')과 평론집 『Australian Book Review』 등을
출간했다. 현재 서강대 영어영문학과에서 강의하고 있다.

몇 가지의 문답,
댄 디즈니가 말한다

문1 한국에서 쓴 시를 모아 펴낸 시집으로 최근에 오스트레일리아에서 두 개의 중요한 문학상을 받은 것으로 알고 있습니다. 시집 표제가 『⟫⟫&‖』(2021 by Vagabond Press)인데 무슨 뜻이며 어떻게 읽습니까?

댄 디즈니 책의 제목은 'accelerations & inertias'로, 이것은 제 문법적 발명인 "⟫⟫ & ‖"로 표현할 수 있는데, 이는 책의 전반에 걸쳐 구조적으로 새겨져 있습니다. 시집 『⟫⟫ & ‖』의 세 번째에 실려 있는 시 「Conversations in Taxis」의 20행에서 이 제목이 나오는데 시조(時調) 풍의 격언적 그 시구에서 따왔습니다. 책 제목은 그러니까 '가속도와 관성'이라 할 수 있습니다. 제가 만든 문법적 표현인 "⟫⟫ & ‖"는 다음과 같습니다.

책의 구조 전체에 노치(notched across. 시행의 호흡을 구분하는 이중 사선 '∥' * 편집자 주)가 표시되어 있습니다. 제목의 논리는 시조 같은 격언 중 하나에 위치해 있습니다. 시집에 수록되어 있는 시 「texts in the section」(택시에서의 대화)의 20행에서 제목으로 가져왔습니다. 책의 제목이 있는 부분은 다음과 같습니다

just as we look out, please
look in, too ⟫⟫ accelerations & inertias one
& the same

문2 그 시집의 중심에 숨어 있는 그 '여성' 인물과 당신의 시적 메타포가 일치한 것이라면 한국으로서도 행운입니다. 당신의 영시에서 그녀가 부활했기 때문에 의미가 큽니다. 그 여성이 왜 당신 시의 중심에 있게 되었습니까?

댄 디즈니 제 아내 '선하'는 명상가입니다. 이상하게 들릴 수도 있겠지만, 선하는 속세를 방법론적으로 비춥니다. 저희 둘 다 인식을 개념적 지식보다 높게 평가하고 중시하고자 노력하고 있습니다. 예컨대 감각적으로는, 감정의 감정스러움이 무엇이며, 생각의 생각스러움은 무엇일까에 대해 고찰하는 것입니다.

선하의 재료는 침묵이고 제 재료는 문법과 어휘지만, 이 관계의 교차점에서 무언가 놀랍고, 통찰적이고, 심지어는 실재적인 것이 저희 둘 모두에게 종종 떠오릅니다. 물론 저희 각자의 재료 사이 어딘가에서 시는 쉽게 불꽃을 피우고 어려움 없이 불타오를 수 있습니다.

문3 한국에서 시가 잘 써지는 특별한 이유라도 있습니까?

댄 디즈니 예로부터 내려온 장소와의 연결이 통사적(統辭的)이고 운율적이라면, 또 '문화'(Lat. cultura)가 어원적으로 땅을 경작하거나 가는 것과 관련이 있는 것이므로—즉, 문화를 함께 있음의 어우러짐으로 본다면—한국적 정체성의 형성은 시간의 흐름에도 훼손되지 않는 듯 영겁의 세월 동안 장대한 여정을 펼칩니다.

튼튼한 기초는 튼튼한 인식론적 구조의 바탕이 됩니다. 불행히도 문화적으로 빈곤한 식민지 출신인 post-Australian으로서, 저는 자신을 향하여, 또 자신의 안으로 이 땅을 노래하는 수천 년 된 가사에 경외감을 느낍니다. (이는 향가와 속요, 시조를 지칭하는 것으로 보인다.

편집자 주)

문4 당신은 불교 수행의 하나인 요가와 선(禪)이 시 쓰기와 어떤 관련이 있다고 생각합니까?

댄 디즈니 사람의 몸이 늘어나고, 움찔하고, 경련하듯이, 언어도 마찬가지입니다. 우주는 물질이고, 물질의 부재와 이 패턴화된 질감(혹은 실존적인 사건들)은 팽팽하게 함께 매달려 있습니다. 역시, 언어도 마찬가지입니다(어쩌면 재료이거나, 아니면 촉매 작용을 하는 정신일지도 모릅니다).

문5 이 앤솔러지에 실은 당신의 신작시에서 당신이 가장 좋아하는 구절은 어디입니까. 독자를 위해 당신의 마음에 드는 한 구절을 골라주실 수 있겠습니까?

댄 디즈니 아래 시행입니다.

2.04am, & the drumming
plummet of rainstorm
stops, the night a shroud
of no-sound
sudden & cadent with lives, a silence
grammarizing the invisible
image of the thing that isn't

오전2시 4분, & 수직으로

내려치던 비바람의 북소리

멈추다, 밤은 소리 없는

수의 입고,

갑작스레 생명으로 가득 차, 침묵은

존재하지 않는 사물의

보이지 않는 이미지를 문법화하네 (정은귀 역)

문6 당신의 시와 AI 문명과 매우 밀접한 관계가 있다고 생각하나요? 그렇지 않다고 생각하나요?

댄 디즈니 유기체가 보유하는 지식과 기계가 보유하는 지식의 차이가 '자율성(autonomy)'이라는 단어와 '자동장치(automaton)'라는 단어를 구별하는 어원적 뿌리에서 결정될 수 있을까요?

다시 말하자면, 우리의 두뇌에는 무엇이 있을까요? 그것은 통사적 (統辭的)이고, '–nomos'(Lat. "custom or law")를 불러낼 가능성들을 논하는 것입니다. '–nomos'를 불러낸다는 것은 너무나 인간적인, 또한 존재/함께 있음의 방식을 인간화하는 것인데, 이 방식은 우리가 인간 사고의 '–matos(Lat. "thinking, animated, willing" '–matos'는 '사실, 당신은 옳습니다 (물론!)'이라는 뜻의 라틴어 접미사)'를 재창조함으로써 설계하고, 건설하고, 역설계하는 정보처리 내에서는 재생산될 수 없습니다······.

우리의 스마트 기기들은 비슷한 것을 하는 듯도 하지만, 소위 창조성의 흐름 그 어딘가에 가까운 창조적인 두뇌 안의 행동과 활동과는 전혀 다릅니다. 아마도 그 차이는 '창조'와 '복제'라는 단어가 전달하는 상이성만큼 확정적이고 방대한 것으로 유형화될 수 있을 것입니다.

문7 생태환경 파괴와 오염 문제는 인류 생존과 직접적으로 연관된 문제입니다. 일본 후쿠시마(福島) 핵폐수는 영구히 지하에 묻어야 할까요? 바다로 내보내야 할까요? 당신은 어떻게 생각하십니까?

댄 디즈니 윤리가 시적인 것은 드문 일이지만, 좋은 시(그리고 그 시인들)는 언제나 윤리적입니다.

지구의 여섯 번째 대멸종 사건을 거의 의식조차 하지 않은 채 비틀거리며 지나가면서, 창문으로서 기능하지 못하는 우리의 화면들이 그 어느 때보다 공감이 절실히 필요한 세계 역사의 순간에 우리를 공감하지 못하게 하고 있을까요? 우리는 어떤 대가를 치르면서 단절되고, (스스로로부터) 탈구되고, 무관심한 상태로 남아 있을까요, 감시 자본주의(혹은 그보다 더 나쁜 것)의 자동화된 구조로 현재 변모하고 있는 디지털 건축물의 질문에 대신 신세를 진 채로 말입니다.

메리 올리버(Mary Oliver)가 "나의 일은 세상을 사랑하는 것"이라고 적은 시 「메신저(The Messenger」(『목마름(Thirst)』, 2007)에서의 가슴에서 우러나오는 외침과 줄리아나 스파(Juliana Spahr)의 『그 겨울 늑대가 왔다(That Winter the Wolf Came)』(2015)에서 "다 좋아, 다 망했어(it's all good, it's all fucked)"라는 절망적인 울부짖음 사이 어딘가에, 진지한 시인이라면 누구나 해야 할 일이 있습니다. 이는 절대적으로 시급한 문제입니다.

잠깐, 시인의 사진

당신이 자주 찾아가는 그곳(골목, 아이들, 시장, 호수, 책방)은 당신에게 어떤 곳이며 어떤 시상을 던져줍니까.

아내와 나는 경상북도 경주 근처에 있는 작은 산의 관리인입니다. 그 산의 이름은 'Yes Mountain'입니다. 사슴, 담비, 잡다한 생물들이 하루의 수면을 가로질러 이동하는 것을 보는 것만큼이나 스쳐 지나가는 시를 만날 때가 많습니다.

보이지 않는 신천 수달
(Invisible Otters of the Sincheon Stream)

제이크 레빈 (Levine, Jake)

신천 노숙자의 수염이 알루미늄 냄비에서 피어오르는 것
무수한 두루미가 개구리를 잡아먹는 것
오리들이 잉어를 쫓고 수많은 봄과 여름의 벌레를 잡는 것을 보았지만
신천에 사는 수달은 절대 본 적이 없지.
야생 호랑이가 없는 범의 나라 한국,
그리고 신천, 은유적 개울에 떠다니는 상징적인 수달들.

보이지 않는 수달들은 잉어의 비늘을 갉아내고, 수염을 축축이 적시고, 공원 시설 관리들의 귀에 고요하게 비밀을 속삭이지.

오염 막으로 누렇게 돼버린 달 아래에서 콘크리트 둑을 긁어내고 어두컴컴한 너의 집에 경계 표시를 하며 어떠한 야만의 소리를 외치고 있니?

수달아, 물의 딸아, 물 족제비야, 너의 흔적을 낸 것을 받기 위해 우리가 너에게 너를 알려줄 안내판이 새겨진 조각상과 벽화를 바칠 게 그리고 텅 빈 놀이터 옆에 「수달의 꿈」이라는 시도 거대한 돌에 새겨줄게.

컬러풀 대구였던 파워풀 대구, 나의 신비로운 수달 종교집단, 수달들은 묻고 싶은 질문이 너무 많지.

보이는 게 그렇게 중요한 걸까?

보이지 않더라도 이해해준다는 거, 그게 바로 수달의 힘이야, 비밀의 힘이지.

믿기 위해선 보아야만 하는 거야?

우리는 기억들과 나무들처럼 침묵 속에서 목격하지 않음으로써 목격하지.

무언가를 발견하기 위해 찾지 않으면서 찾고.

생각이 아닌 공간에 존재하지.

보든지 안 보든지, 수달들은 기다리고 지켜보지.

그러니 너의 털북숭이 집게발로 굴, 집, 상처도 파보렴.

너의 마음속 깊은 곳에서부터 마음을 열어보는 게 어떨까?

수천 년 동안 카발리스들은 신의 진짜 이름을 몰라 신의 이름을 대신할 수 있는 이름에 대해 논의하지.

수성구와 중구 사이에서 어둠의 물결이 거친 빛에 비치는 것을 다리에서 내려다보며 나는 수달이 또 다른 신의 이름 일 것이라고 믿지.

혹은 아무것도 없는 무(無)일 수도 소리는 같지만 뜻이 다른 무일 수도.

제이크 레빈(Levine, Jake)

미국 애리조나주 투손(Tucson) 시에서 출생했다. 12년 동안 리투아니아와 한국에서 살고 있다. 12권 이상의 책을 저술, 공저, 번역했으며 블랙오션의 달나라 한국시 시리즈의 편집자로 일하고 있다. 현재 영어와 한국어로 시를 쓰며 계명대 문예창작학과 교수로 재직하고 있다. 'National Translation Award'와 'Lucien Stryk Prize'를 공동 수상했다.

몇 가지의 문답,
제이크 레빈이 말한다

문1 당신의 시 「Invisible Otters of the Sincheon Stream」를 읽었습니다. "To be seen by not being seen, that is otter power, the power of secrets."를 읽는 순간부터 이 이미지가 눈에 들어와서 나가지 않았습니다. 이 시를 쓴 배경은 무엇입니까?

제이크 레빈 네, 저는 대구에 약 7년 동안 살았습니다. 예전에는 신천 근처에 살았습니다. 대구 곳곳에는 수달이 그려진 도시 광고물들이 있습니다. 수달 조형물도 있고, 신천 옆 공원 한가운데 돌에는 「수달의 꿈」이라는 시도 새겨져 있습니다.

말씀하신 부분이 이 시에서 가장 중요한 부분이라고 생각합니다. 현대사회에서 사람들은 자신을 남에게 보이는 것, 사신의 삶을 셀카 형태로 디지털화해 기록하고 자기 생각을 소셜 미디어에 게시하는 것에 매우 관심이 많습니다. 이러한 거짓된 외형의 세계는 현대 문화에 일종의 정신병적 영향을 미치는 것 같습니다. 보는 것이 결과물입니다. 내면이 없는 표면의 세계, 아무 신비가 없습니다.

저는 소셜 미디어를 사용하지 않습니다. 하지만 항상 사람들은 저에게 인스타그램이나 페이스북 같은 소셜 미디어를 통해 제 시를 홍보하라고 압박을 줍니다. 하지만 저는 신천 수달처럼 되고 싶습니다. 평범한 눈에 보이지 않고, 또 보임과 함께 보이지 않는 방식으로 보이고 싶습니다.

저는 거의 매일 신천 옆을 뛰곤 했습니다. 수달들이 거기에 산다는 걸 알고 있었습니다. 하지만 저는 수달들을 실제로 본 적이 없습니다. 장옥관 시인은 신천을 산책하는 수달들을 보고 사진을 한번 보내준 적이 있습니다. 하지만 저는 수달들이 있다는 것을 믿기 위해 군이 제 눈으로 보아야 할 필요는 없습니다. 여러 면에서 부재가 존재보다 더 강력한 것 같습니다.

문2 당신의 시에는 한국 독자가 좋아할 수 있는 흡인력과 동질감이 있습니다. 한국어로 번역되어 출간한 당신의 시집이 있습니까?

제이크 레빈 저는 영어와 한국어로 시를 씁니다. 그래서 저는 시인으로서 이중생활을 하고 있습니다. 저는 미국의 기성 시인이자 한국의 아마추어 시인인 것 같습니다. 한국 시의 원고를 작업하고 있고 곧 출판되기를 바라고 있습니다. 작년에 문학잡지 『시와반시』에 10편의 시를 발표했고 매일신문에 시를 실었습니다.

한국어로 글을 쓸 때, 마치 유치원생이 쓴 것 같은 느낌이 듭니다. 영어로 쓸 때보다는 더 제한적입니다. "Invisible Otters" 시도 영어에서 한국어로 번역이 된 겁니다. 김경주 시인과 함께 『일인 시의 (한 사람이 시로 할 수 있는 행위)』를 출간했는데요, 거기에 저의 시들과 번역본이 많이 들어 있습니다.

문3 한국에는 시인이 꽤 많은 편입니다. 미국에는 시인을 찾아보기 어렵다고들 합니다. 그것이 사실이라면 왜 그런지 간단하게 말해주기 바랍니다.

제이크 레빈 제가 처음에 한국에 왔을 때 한국에는 어디서나 찾을 수 있는 게 3가지가 있다고 들었습니다. "편의점, 교회, 시인." 미국에는 시인이 많지 않지만 모두가 시를 써본 적은 있습니다. 그래서 모두가 자신을 시인이라고 생각합니다. 제 생각에 한국에서는 시인으로 등단하지 않았다면, 본인을 시인이라고 말하기가 어려운 것 같습니다. 미국에서는 유치원 때 한 번이라도 시를 써봤다면, 자신을 시인이라고 생각할 수 있습니다.

그러므로 미국에서는 시인을 찾기가 어렵습니다. 왜냐하면 모든 미국 사람이 자신을 시인이라고 생각하기 때문입니다. 하지만 모든 미국 사람은 시인이 되는 것이 부끄럽다고 생각합니다. 그래서 미국에는 시인은 많지만, 자신들이 시인이라고 말하고 싶지 않아 합니다. 왜냐하면 그것은 그들이 가난하고 그들을 이해하는 사람들이 없다고 생각하는 것을 의미하기 때문입니다.

한국에서는 사람들이 시를 굳이 읽지 않더라도, 시인이라는 것 자체가 아주 멋지다고 생각합니다. 미국에는 시를 정말 멋지다고 생각하는 사람이 없습니다. 심지어 유명한 시인인 벤 러너의 책 중에 『시의 증오』도 있습니다. 믿기 어렵겠지만 시를 읽는 독자가 미국보다 한국에 더 많은 것 같습니다.

미국은 한국 인구의 6,7배 정도인데도 불구하고 시집 판매율이 더 낮습니다. 정부와 제도적 지원도 적습니다. 미국 시인이 된다는 것은 좋지 않습니다. 그래서 미국에는 시인을 찾아보기 어려운 겁니다.

문4 당신의 시와 AI 문명과 매우 밀접한 관계가 있다고 생각하나요? 그렇지 않다고 생각하나요?

제이크 레빈 저의 세대가 인터넷 이전의 세상이 어떠했는지를 기억하는 마지막 세대가 될 것입니다. 대학에 입학했을 때 전기 타자기에서 컴퓨터로, 컴퓨터에서 다이얼 모뎀을 장착한 컴퓨터로, DSL과 케이블 인터넷으로, 1세대 사용자로서의 페이스북과 유튜브로 인터넷이 발전된 것을 기억합니다. 자라면서 인터넷도 저와 함께 자랐습니다. 대학 마지막 학년에 제 친구가 아이폰을 샀는데 그것을 보고 인터넷을 주머니에 짐처럼 넣고 다니는 것이 얼마나 끔찍할지 생각했었습니다.

저는 공동체가 중요한 인쇄 문화 세계에서 자랐습니다. 사람들이 술집이나 커피숍, 그리고 도서관과 같은 물리적인 공간에 모여 반문화가 유기적으로 싹트는 그러한 곳에서 말입니다. 소셜 네트워크가 물리적인 삶을 식민지화하고, 우리의 사회적 활동과 문화적 활동들을 플랫폼을 통해서만 가시화될 수 있는 세상으로 우리를 세뇌하는 것을 천천히 목격했습니다. 제가 자라온 세상에서 알게 된 저와 같은 생각을 하는 사람들이 천천히 그러한 플랫폼들을 사용하기 시작하고, 제가 자라온 문화도 그러한 플랫폼으로 이동하는 것을 보았습니다.

인터넷이 가진 가장 큰 장점은 인터넷이 세상을 연결해준다는 겁니다. 하지만 저는 그것이 우리에게 일어난 최악의 일이라고 생각합니다. 인터넷이 우리를 연결하는 대신 다른 사람들과 그리고 지구와의 연결을 끊어버렸습니다. 저의 모든 시가 이러한 상실에 기인하여 있는 것 같습니다.

문5 당신은 왜 계속해서 시를 쓰고 있습니까. 한마디로 말할 수 있겠습니까

제이크 레빈 저는 죽음 따위 걱정하지 않는 수달처럼 살고 싶습니다.

문6 생태환경 파괴와 오염 문제는 인류 생존과 직접적으로 연관된 문제입니다. 일본

후쿠시마(福島) 핵폐수는 영구히 지하에 묻어야 할까요? 바다로 내보내야 할까요? 당신은
어떻게 생각하십니까?

제이크 레빈 저는 한국이 배기가스 배출량을 줄이겠다고 약속하였
음에도 불구하고 계속해서 석탄발전소를 건설한다는 점과 세계 지
속가능지수에서 112위라는 점에서 후쿠시마 문제는 편리한 방해인
것 같습니다. 비록 한국인들이 기후 위기와 환경오염 문제가 한국
사회에 중대한 문제인 것을 알고 있지만, 정치 엘리트들로부터 현재
상황을 바꾸려고 하는 교육적이나 정치적인 의지가 거의 없다고 생
각합니다.

한국이 후쿠시마 문제에 대해 분노하는 것은 생태계 문제에 못지않
게 과거 일본 식민 지배의 유산과도 관련이 있는 것 같습니다.

잠깐, 시인의 사진

당신이 자주 찾아가는 그곳(골목, 아이들, 시장, 호수, 책방)은 당신에게 어떤 곳이며 어떤 시상을 던져줍니까.

대구 신천 옆에 있는 수달의 벽화 사진입니다. 하지만 실제 강(江)의 사진은 저에게 없습니다.

비정간 앤솔러지:
《아시아 포엠 주스》

몇 개의 문답과
서른여섯 명의 시인과
서른여섯 편의 시

Taiwan(臺灣)
대만 시편

번역

김상호 (대만 슈핑修平과기대 교양학부 및 관광과 교수)

고교 동창회

차이슈쥐(蔡秀菊)

매년 정월 초하룻날 정오에 모이기로 약속했다
십여 년간 이어져 온 고등학교 동창회
몇 번이고 반복적인 얘기를 들었다

매년 조금씩 진전이 있긴 하지만
누구는 중앙부서 국장에서 수도의 재정국장으로 승진했다나
잔을 들어 그가 장차 재무부 장관으로 영전하기를 축원했다
누구의 외식업 그룹도 화제가 되었다
올해는 몇 개의 지점을 더 추가할지 앞다투어 물어봤다
누구는 모 은행 본점 은행장에 앉았단다
머지않아 총재 자리에 오르냐고 물었다
누구는 방금 미국 캘리포니아주에서 부모를 뵈러 왔다고 겸손한
척 말했다.
그는 친척이 스탠퍼드와 남가주 명문 대학에서 석박사 과정을 밟고
있단다
십 년 전에 이미 손에 넣은 영주권을 꺼내들었다
사실 그는 자식 자랑하고 싶음을 암시하고 있었다
그리고 실업가, 병원장, 주식시장의 큰손들이 무더기로 있다
작년에 잉여금이 적지 않게 들어왔다
이들이 지닌 공통분모는

그저 시골 고등학교에서 온 바보들의 추억일 뿐이다

시인의 신분으로 참석한 것은 왠지 좀 쪽팔렸다
그런데 딱 한 가지 테스트를 할 수 있었다
이 부유한 동창들이 비로소 시 한 수의 무게를 알 때까지는
몇 년을 더 기다려야 할까

차이슈쥐(蔡秀菊)

대만 타이중시 칭쉐이(清水)구에서 출생했다. 1995년 시 「삿갓(笠)」을 통해 작품활동을 시작했다. 시집 『스만구스(Smangus)의 노래』, 자연 인문서 『들판 모음』(현대시가 만났을 때) 등이 있다. 현재 계간 『대만 현대시』 편집장으로 활동하고 있다.

몇 가지의 문답,
차이슈쥐가 말한다

문1 이번에 한국에 발표하는 시 「고교 동창회(高中校友會)」은 어떻게 얻은 것입니까?

차이슈쥐 예전에 지방 도시의 고등학교에 다녔습니다. 중노년기에 접어들면서 일부 고등학교 동문들과 매년 음력 정월 초하루에 정기적인 모임을 가졌습니다. 대부분의 동문들은 가정과 사업에 만족하고 있으며, 식사 중 이러한 성공한 자들의 자화자찬은 듣곤 있지만 그 내용은 문학예술 분야에 거의 영향을 미치지 않고 있습니다. 좌석에 앉아 있는 시인은 오히려 고독한 이방인이 되었습니다.

문2 이 시에서 당신이 가장 좋아하는 구절은 어디입니까? 독자에게 한 구절을 보여주십시오.

차이슈쥐 "이 부유한 동창들이 비로소 시 한 수의 무게를 알 때까지는/ 몇 년을 더 기다려야 할까"

문3 당신의 시와 AI 문명과 매우 밀접한 관계가 있다고 생각하나요? 그렇지 않다고 생각하나요?

차이슈쥐 이 시는 AI와 무관하나 분명한 것은 내 손자들이 성장한 시대는 말 그대로 AI 시대일 것입니다.

문4 당신은 왜 계속해서 시를 쓰고 있습니까. 한마디로 말할 수 있겠습니까?

차이슈쥐 가장 적은 양의 글씨로 쓴 가장 깊은 경지는 사람을 매혹시킵니다.

문5 생태환경 파괴와 오염 문제는 인류 생존과 직접적으로 연관된 문제입니다. 일본 후쿠시마(福島) 핵폐수는 영구히 지하에 묻어야 할까요? 바다로 내보내야 할까요? 당신은 어떻게 생각하십니까?

차이슈쥐 생태학 대학원을 다녔기 때문인지 대만의 자연과 인문에 관심이 많아 원주민이 사는 부락에도 가고 여기저기 대만 구석구석을 여행하는 걸 좋아합니다. 그럴 때마다 물끄러미 자연을 바라보고 있는 게 행복입니다.

잠깐, 시인의 사진

당신이 자주 찾아가는 그곳(골목, 아이들, 시장, 호수, 책방)은 당신에게 어떤 곳이며 어떤 시상을 던져줍니까.

생태학 대학원을 다녔기 때문인지 대만의 자연과 인문에 관심이 많아 원주민이 사는 부락에도 가고 여기저기 대만 구석구석을 여행하는 걸 좋아합니다. 그럴 때마다 물끄러미 자연을 바라보고 있는 게 행복입니다. 사진은 2022년 9월 6일 타이완 타이동(台東) 샤오예류(小野柳)를 여행했을 때입니다.

꽃의 자태(花的姿態)

린성빈(林盛彬)

나뭇가지가 정해진 지점에서 고개를 내민다
공기 중에 부는 모래바람이 보였다
떨리는 내 발걸음마다 날아 떨어졌다
길, 팔자와 운명이 걸어온 삶

데이지꽃, 로즈, 백합
색상과 이미지
모든 계절 안팎에서 가지를 낸다
그것들은 꽃의 그늘에 속하지 않았다

꽃봉오리마다
모두 조물주의 친서를 가지고
살며시 열며
생명의 기쁨의 축복을 읽는다
나는 고분고분히 벗겨져
겹겹의 잎사귀와 가시 혈기로 버티다가
이슬로 정화돼 피어나는 방울마다의 기쁨의 눈물
햇살은 희망이 충만한 꽃잎 하나하나를 들어 올린다
자연의 싱그러움을 제외하고
다른 맛은 없다

세상을 위해 꽃을 피우지 않고
조물주에 의해 향기가 피어나는
오늘이 지고 나면
내일 다시 꽃망울을 맺을 것이다

나를 꽃병에 묶지 마라
그 향기는 본래의 깊은 맛을 잃게 될 테니까

— 2014년 10월 28일, 딴쉐이(淡水)에서

린성빈(林盛彬)

대만 윈린(雲林)에서 출생했다. 1982년에 『대만문예』를 통해 작품활동
을 시작했다. 시집 『전사(戰事)』와 라틴아메리카 하이쿠 『José Juan
Tablada』를 출간했다. 스페인 마드리드대에서 문학박사 학위를 받았다.

몇 가지의 문답,
린성빈이 말한다

문1 이번에 한국에 발표하는 시 「꽃의 자태(花的姿態)」는 어떻게 얻은 것입니까?

린성빈 「꽃의 자태」는 2011년 딴쉐이(淡水) 집에서 쓴 것으로 여러 번 수정해서 2014년 10월 28일에 완성했습니다. 하나님의 믿음과 소망과 사랑과 자유를 생각하며 썼습니다. 우리 집 식물이 가득한 발코니에서 꽃의 피어남과 시듦을 보면서 조물주의 은혜에 감명을 받았습니다. 2019년 1월 『대만현대시』에 발표했습니다.

문2 이 시에서 당신이 가장 좋아하는 구절은 어디입니까? 독자에게 한 구절을 보여주십시오.

린성빈 "나를 꽃병에 묶지 마라/ 그 향기는 본래의 깊은 맛을 잃게 될 테니까"

문3 당신의 시와 AI 문명과 매우 밀접한 관계가 있다고 생각하나요? 그렇지 않다고 생각하나요?

린성빈 이 시는 AI와 무관하나 이제는 생활 곳곳에서 AI를 쉽게 접하는 것도 사실입니다.

문4 당신은 왜 계속해서 시를 쓰고 있습니까. 한마디로 말할 수 있겠습니까?

린성빈 시는 문학의 초석이자 문학적 마음의 궁극적인 서식처이기 때문입니다.

문5 생태환경 파괴와 오염 문제는 인류 생존과 직접적으로 연관된 문제입니다. 일본 후쿠시마(福島) 핵폐수는 영구히 지하에 묻어야 할까요? 바다로 내보내야 할까요? 당신은 어떻게 생각하십니까?

린성빈 후쿠시마와 관련해서는 크게 우려할 만한 일은 아니라고 봅니다.

잠깐, 시인의 사진

당신이 자주 찾아가는 그곳(골목, 아이들, 시장, 호수, 책방)은 당신에게 어떤 곳이 며 어떤 시상을 던져줍니까.

딴쉐이(淡水) 호를 자주 산책하거나 의자에 앉아 호수를 바라보는 것도 학교 퇴직 후 즐길 거리 중의 하나가 되었지만 이 사진은 스페인 마드리드대 교정에서 찍은 것 입니다.

타이완 동시(童詩)

눈동자(瞳)
예시엔저(葉宣哲)

시간의 팔레트
검은 눈동자를 하얗게 물들이고
하얀 눈을 노랗게 물들였다
너 때문에
할아버지가 가을로 물들이니
쓸쓸한 가을은 이미 봄날의 꽃으로 변했구나
막 피어난
넌 봄이었다
미소를 머금고 실컷 잠이 든
생명의 책은 네 얼굴의 선과 같아
신기하게도 유전자의 연결을 드러냈구나
품에 꼭 안겨서
할아버지와 너는 함께 노래하고 춤을 추며
봄을 읊조리고 있었다

예시엔저(葉宣哲)

대만에서 태어났다. 개업 의사로 현재 『대만현대시』『삿갓』 시사의 동인
이다. 시집 『눈동자』 단편소설집 『진료실 이야기』 등을 출간했다.

몇 가지의 문답,
예시엔저가 말한다

문1 이번에 한국에 발표하는 시 「눈동자(瞳)」는 어떻게 얻은 것입니까?

예시엔저 저 집 거실에서 한 달 된 손자를 안고 있으니 감흥이 왔습니다.

문2 이 시에서 당신이 가장 좋아하는 구절은 어디입니까? 독자에게 한 구절을 보여주십시오.

예시엔저 "생명의 책은 네 얼굴의 선과 같아/ 신기하게도 유전자의 연결을 드러냈구나"

문3 당신의 시와 AI 문명과 매우 밀접한 관계가 있다고 생각하나요? 그렇지 않다고 생각하나요?

예시엔저 이미 의술 분야까지 AI가 조금씩 대체하고 있는 만큼 많은 분야에서 사람이 할 수 있는 일은 점점 사라질 것입니다.

문4 당신은 왜 계속해서 시를 쓰고 있습니까. 한마디로 말할 수 있겠습니까

예시엔저 시는 감정을 표현할 수 있고, 그 느낌을 포착하는 것이 좋아 시의 형태로 표현하고 있습니다.

157

문5 생태환경 파괴와 오염 문제는 인류 생존과 직접적으로 연관된 문제입니다. 일본 후쿠시마(福島) 핵폐수는 영구히 지하에 묻어야 할까요? 바다로 내보내야 할까요? 당신은 어떻게 생각하십니까?

예시엔저 본업이 의사로서 후쿠시마와 관련해서는 민감할 수밖에 없으나 당장은 과학적 근거를 믿고 있기에 크게 우려하고 있지는 않습니다.

잠깐, 시인의 사진

당신이 자주 찾아가는 그곳(골목, 아이들, 시장, 호수, 책방)은 당신에게 어떤 곳이
며 어떤 시상을 던져줍니까.

도시에서 의사 개업을 하면서 손주를 데리고 과거 청나라와 일제 때의 흔적이 곳곳
에 남아 있는 주변을 산보하다 보면 현재의 나를 돌아보고 미래를 생각하는 즐거움
이 있습니다.
이 사진은 좀체 눈이 오지 않는 타이완에 눈이 왔을 때 찍은 것입니다.

부패(腐敗)

양쉰(楊巽)

창백한 얼굴이
힘없이 떨어졌다
하늘의 눈빛이 흐리멍덩하다
바람은 벌써 잠잠해지고 열정은 사라졌다
대지는 점점 차가워지고
뻣뻣해졌다
해 질 무렵부터 자홍색 시반(屍斑)이 퇴적되기 시작했고
밤이 분해되기 시작했다
모든 살아 있는 유기물은
해면이 부어오르며
은은한 거품이 일었다
게다가 파랗게 변색돼서
맥이 풀려 액화된 조직으로
발버둥 치다가
이 세상을 향해 안녕이라고 말했다

양쉰(楊巽)
본명은 양빙쉰(楊秉訓). 대만 관할 진먼다오(金門島)에서 출생했다. 계간
『대만현대시』 편집위원. 시집『그림자와 나』『흑과 백의 사이』등을 출
간했다. 현재 딴장(淡江)대학교 경제학과 교수로 재직하고 있다.

몇 가지의 문답,
양쉰이 말한다

문1 이번에 한국에 발표하는 시 「부패」는 어떻게 얻은 것입니까?

양쉰 부패는 돈에 대한 미련일 뿐만 아니라 색정에 대한 방종도 포함됩니다. 부패의 근원은 권력뿐만 아니라 명성, 서열, 나이, 심지어 재력 자체도 포함합니다. 한 사람이 자신이 위대하다고 느끼기만 하면 그의 마음은 부패하기 시작합니다.

부패의 결과는 자연히 파괴와 멸망입니다. 사람이 세상을 살아가면서 이처럼 쉽게 부패하는 것을 한탄하다 보니 '부패'에 대해 시 한 편을 쓰게 되었습니다.

문2 이 시에서 당신이 가장 좋아하는 구절은 어디입니까? 독자에게 한 구절을 보여주십시오.

양쉰 "맥이 풀려 액화된 조직으로/ 발버둥 치다가/ 이 세상을 향해 안녕이라고 말했다"

문3 당신의 시와 AI 문명과 매우 밀접한 관계가 있다고 생각하나요? 그렇지 않다고 생각하나요?

양쉰 AI 시대가 도래했습니다. 이 시는 AI와 관련이 없지만 세상이 변하고 있는 건 확실합니다.

문4 당신은 왜 계속해서 시를 쓰고 있습니까. 한마디로 말할 수 있겠습니까?

양쉰 '의미가 깊고 여운이 오래 남는 좋은 시를 쓰기 위해서'입니다.

문5 생태환경 파괴와 오염 문제는 인류 생존과 직접적으로 연관된 문제입니다. 일본 후쿠시마(福島) 핵폐수는 영구히 지하에 묻어야 할까요? 바다로 내보내야 할까요? 당신은 어떻게 생각하십니까?

양쉰 후쿠시마 오염수에 대해선 기사를 봤지만 크게 걱정하고 있지 않습니다.

잠깐, 시인의 사진

당신이 자주 찾아가는 그곳(골목, 아이들, 시장, 호수, 책방)은 당신에게 어떤 곳이
며 어떤 시상을 던져줍니까.

사진에서처럼 시를 좋아하는 사람들과 타이페이 카페에서 차와 간식을 즐기며 시간
가는 줄 모르고 시와 인생 그리고 국가의 정책을 논하는 것이 나를 즐겁게 합니다.

천지간을 책으로 꾸민 날(天地線裝幀的日子)

링진(齡槿)

인생은 책과 같아

천지간을 책으로 꾸며

매 페이지를 세심하게 감상하고 읽다 보면

해와 달과 별빛이 비치고

사계절의 산수 여정을 밝힌다

미완성으로

계속된 시적 정취

링진(齡槿)

본명은 황융린(黃詠琳). 타이완 타이베이에서 태어났다. 2011년 『불가사리 시와 평론』을 통하여 작품활동을 시작했다. 시집 『스타트 라인』을 출간했다.

몇 가지의 문답,
링진이 말한다

문1 이번에 한국에 발표하는 시 「천지간을 책으로 꾸민 날(天地線裝幀的日子)」은 어떻게 얻은 것입니까?

링진 「천지간을 책으로 꾸민 날」을 쓰게 된 영감은 2022년 1월 초 집에서였습니다. 『고시 19수·青青陵上柏(푸르고 푸른 언덕 위의 측백나무)』에서 "人生天地間, 忽如遠行客(인생은 천지간에 홀연 멀리 떠나는 나그네와 같다네)"라는 구절을 읽고 나 자신이 천지간에 있다고 느꼈습니다. 하루하루를 보내온 시간이 오랫동안 누적되어 인생도 한 권의 책처럼 지나가는 여러 경치, 흘러간 시간을 서술하고 그 안의 페이지마다 시적인 정취가 가득하길 바라는 마음에서 이 시를 썼습니다.

문2 이 시에서 당신이 가장 좋아하는 구절은 어디입니까? 독자에게 한 구절을 보여주십시오.

링진 "천지간을 책으로 꾸며"라는 구절로 『고시19수·青青陵上柏』의 "人生天地間(인생은 천지간에)"와 호응하고 있습니다.

문3 당신의 시와 AI 문명과 매우 밀접한 관계가 있다고 생각하나요? 그렇지 않다고 생각하나요?

링진 앞으로 더 많은 일들을 AI가 대체할 시대가 도래했다고 봅니다.

문4 당신은 왜 계속해서 시를 쓰고 있습니까. 한마디로 말할 수 있겠습니까?

링진 시를 건네 마음의 뜻을 전한다. 창작이 무궁화처럼 끊임없이 계속돼 나날이 새로워지기를 바랄 뿐입니다.

문5 생태환경 파괴와 오염 문제는 인류 생존과 직접적으로 연관된 문제입니다. 일본 후쿠시마(福島) 핵폐수는 영구히 지하에 묻어야 할까요? 바다로 내보내야 할까요? 당신은 어떻게 생각하십니까?

링진 후쿠시마와 관련해 주변국에 피해가 가지 않을 것이라는 과학적 근거가 더 나와야 할 것입니다.

잠깐, 시인의 사진

당신이 자주 찾아가는 그곳(골목, 아이들, 시장, 호수, 책방)은 당신에게 어떤 곳이며 어떤 시상을 던져줍니까.

한때는 친구들과 대학 교정을 거니는 게 좋았지만 지금은 찻집에 홀로 앉아 지나가는 사람들을 바라보거나 노트북에 생각을 정리하는 것도 일상 속의 즐거움이 되었습니다.

비정간 앤솔러지:
《아시아 포엠 주스》

몇 개의 문답과
서른여섯 명의 시인과
서른여섯 편의 시

Viet Nam
베트남 시편

번역
배양수(부산외국어대학교 교수)

말하지 마세요(Anh đừng nói gì)

부타잉화(Vũ Thanh Hoa)

서로 함께 누워 있으면
아무 말도 마세요.

나는 낙엽 지는 소리를 듣는다
희미한 안개 속으로 별이 가라앉는다
씨는 환희로 껍질을 뚫는다
흩어지는 구름
비
달콤함
비

이렇게 아름다운 설화
이렇게 아름다운 꿈
이렇게 아름다운 천당
이렇게 아름다운 당신

나는 울다가 웃고
나는 자다가 깨고
나는 꿈꾸다가 깨고
나는 더는 알지 못하고

나는 더는 기억 못 하고
나는 더는 바라지도 않으니
당신은 아무 말 마세요.

밤은 지나갔고
계절도 지나갔다
백 년이 지났다.

부타잉화(Vũ Thanh Hoa)

베트남 하노이에서 태어났다. 1993년 띠엔퐁 신문의 청춘 작품상으로 작품
활동을 시작했다. 시집『잎사귀의 아픔』등을 출간했다.

몇 가지의 문답,
부타잉화가 말한다

문1 이번에 한국에 발표하는 시 「말하지 마세요(Anh đừng nói gì)」는 어떻게 얻은 것입니까?

부타잉화 삶 속에서 유일한 순간에서 나오는 사랑과 느낌은 내 심혼 속에서 아주 자연스러운 시를 형성하는 아이디어가 되었습니다.

문2 이 시에서 당신이 가장 좋아하는 구절은 어디입니까? 독자에게 한 구절을 보여주십시오.

부타잉화 "서로 함께 누워 있으면/ 아무 말도 마세요."
이것은 시 전체의 감정적 맥락의 시작이기 때문에 마음에 드는 구절입니다. 그것은 단순히 사랑하는 남자가 내 옆에 누워 있을 때 그가 많은 말을 할 필요가 없다는 것이 아닙니다. 서로 사랑하고, 서로를 이해하고, 존중하는 사람들은 이 세상에 함께 있는 것이 이미 최고의 선물이고, 언어와 소리는 더는 중요한 요소가 아니라는 더 큰 의미가 있습니다.

문3 당신의 시와 AI 문명과 매우 밀접한 관계가 있다고 생각하나요? 그렇지 않다고 생각하나요?

부타잉화 시는 각 사람의 마음과 지혜 안에 있습니다. 시는 역사와 함께하며 인류의 발전에 깊은 영향을 끼친다. 문학은 인간 문명을 예견하는 천직이며, 오래전부터 AI에 대해 언급한 적이 있습니다. 지금까지 AI는 인간이 만든 도구일 뿐이고, AI는 잘 관리하고 잘 활용하면 공동체 문명이 더 완전하게 발전하도록 도울 것이고, 어떤 문명이라도 예술 문학과 연계되어야 합니다.

문4 당신은 왜 계속해서 시를 쓰고 있습니까. 한마디로 말할 수 있겠습니까?

부타잉화 시는 내 삶을 가장 의미 있게 만들었습니다.

문5 생태환경 파괴와 오염 문제는 인류 생존과 직접적으로 연관된 문제입니다. 일본 후쿠시마(福島) 핵폐수는 영구히 지하에 묻어야 할까요? 바다로 내보내야 할까요? 당신은 어떻게 생각하십니까?

부타잉화 폐기물을 어떻게 처리하느냐는 과학자들이 최선의 실행 방법을 연구하고, 선택할 문제입니다. 예술 활동가인 우리는 인간의 성장과 함께 동식물이 번성하고, 항상 깨끗한 생태환경을 지키기 위해 최선을 다해 싸워야 합니다.

잠깐, 시인의 사진

당신이 자주 찾아가는 그곳(골목, 아이들, 시장, 호수, 책방)은 당신에게 어떤 곳이
며 어떤 시상을 던져줍니까.

내가 살고 있는 집 근처에 있는 길가에 늘어서 있는 부식품 가게들입니다.

연(鳶) 피리(Sáo diều)

르엉낌프엉(Lương Kim Phương)

멍하니 어디론가 흘러가지만
어찌 벗어날 수 있을까?
깊고 깊은 어둠이 그물치고 기다리니.

계속 울어대다
메아리도 끊긴다
메아리가 속인다
자신 외에는 대답이 없다
자신 역시도 끊어진다.

저 강줄기
함께 흐르자고 한다
저 마을 들판
밟으라고 한다.

아이들이 장난치며
쩔쩔매며 소리친다
오월의 그루터기에 걸려 넘어져서
오후를 날려 황혼에 이른다.

연줄이 끊어졌다
연 날개가 흩어져 날다가
옛 도랑에 처박혀
내 일곱 가지 꿈과 멀어진다.

르엉낌프엉(Lương Kim Phương)
베트남 하이퐁 근교에서 태어났다. 시집『이슬』과 평론집『빛 속에서 다시
태어나다』를 간행했다. 베트남 문학예술연합회상을 수상했다.

몇 가지의 문답,
르엉낌프엉이 말한다

__문1__ 이번에 한국에 발표하는 시 「연(鳶) 피리(Sáo diều)」는 어떻게 얻은 것입니까?

__르엉낌프엉__ 「연(鳶) 피리」는 2021년 10월에 썼습니다. 어린 시절에 연 피리를 날리던 기억을 되살려 형상화한 것입니다.

__문2__ 이 시에서 당신이 가장 좋아하는 구절은 어디입니까? 독자에게 한 구절을 보여주십시오.

__르엉낌프엉__ "메아리가 속인다. / 자신 외에는 대답이 없다"
당시 내 생각의 흐름 속에서 아주 자연스럽게 튀어나왔습니다. 나는 그러한 생각이 재미있다고 느낍니다. 왜냐하면, 그것이 망상에 잠기는 것을 막기 위해 자기 자신에게 스스로 터득하게 해주기 때문입니다.

__문3__ 당신의 시와 AI 문명과 매우 밀접한 관계가 있다고 생각하나요? 그렇지 않다고 생각하나요?

__르엉낌프엉__ 시는 삶 앞에 자연스러운 감정과 사고의 흐름이다. 그것은 AI 기술과 상관없이 개인적인 창의성을 띠고 있습니다. 나는 어떤 틀도, 패턴도, 기성품도 진정한 시가를 대체할 수 없다고 생각합니다.

문4 당신은 왜 계속해서 시를 쓰고 있습니까. 한마디로 말할 수 있겠습니까?

르엉낌프엉 시는 감정, 마음의 소리를 내는 것입니다. 그 무엇도 그것을 대신할 수 없고, 그것을 놓게 만들 수도 없습니다.

문5 생태환경 파괴와 오염 문제는 인류 생존과 직접적으로 연관된 문제입니다. 일본 후쿠시마(福島) 핵폐수는 영구히 지하에 묻어야 할까요? 바다로 내보내야 할까요? 당신은 어떻게 생각하십니까?

르엉낌프엉 생태환경 파괴는 인간의 자멸적 행동이며 용납할 수 없는 범죄입니다. 인간은 생태환경이 필요하고, 인간도 바로 생태환경과 분리될 수 없는 한 부분입니다.

잠깐, 시인의 사진

당신이 자주 찾아가는 그곳(골목, 아이들, 시장, 호수, 책방)은 당신에게 어떤 곳이며 어떤 시상을 던져줍니까.

나는 하이퐁 근처의 농촌에서 태어나 자랐습니다. 성인이 되어, 환상과 현실 사이의 경계를 헤아릴수록, 연이 어디로 날아간다고 하더라도 땅과 연결된 실이 필요하다는 것을 알게 되었습니다.

인간의 몽상이나 환상이 그곳에 너무 몰입하면 우리는 대가를 치르게 될 것입니다. 그 아이디어가 이 시를 쓰게 만들었습니다. 어린 시절은 들판과 연 피리의 윙윙거림과 함께했습니다.

오후 들판에서 고개를 들어 하늘을 쳐다볼 때마다, 떠 있는 연 피리를 볼 수 없었지만, 그것이 울부짖는 소리는 들리곤 했습니다.

자두꽃 계절(Mùa hoa mận)

마이반펀(Mai Văn Phấn)

기다리던 숲은 네가 오니 막 피었고, 첩첩이 하얀 꽃잎 빠르게 퍼졌다.

나는 쌀쌀한 봄날의 하얀 자두나무, 꽃을 그리워할수록 더 희어진다. 시선과 숨결이 떤다. 지는 꽃잎은 여린 가지를 덜어준다.

화사한 꽃은 숨이 막힌다. 땅이 아플까 주저하지 마라. 여린 꽃잎이 떨어질지라도.

산은 꽃을 피우기 위해 서로를 덮어준다. 차가운 숨결과 산들바람이 덮어준다. 나는 백마가 네게 다가가 착하게 고개를 떨구는 것을 상상한다.

이 계절이 오면 온 세상이 봄이 되고, 우리가 사랑하면 꽃도 핀다.

마이반펀(Mai Văn Phấn)
베트남 닝빙성 낌썬에서 태어났다. 러시아 문학을 전공했다. 첫 시집 햇빛』
외 16권의 시집과 1권의 비평서를 냈고, 29권의 시집이 아마존과 외국에서
출간되었다. 2017년에 스웨덴의 '시카다(Cikada) 문학상'을 수상했다.

몇 가지의 문답,
마이반펀이 말한다

문1 이번에 한국에 발표하는 시 「자두꽃 계절(Mùa hoa mận)」은 어떻게 얻은 것입니까?

마이반펀 나는 15년 전인 2008년 한여름에 「자두꽃 계절」을 썼습니다. 아이러니하게도 그 당시 날씨는 더웠고, 방 온도는 거의 섭씨 40도까지 올라갔음에도, 나는 시원한 봄에 대한 시를 썼습니다.

그날 오후, 사랑하는 아내가 중국과 접한 북쪽 국경 지역의 봄이 생각난다고 말했던 것을 기억합니다. 그곳은 매번 봄이 오면 자두꽃이 핍니다. 온 산골짜기에 새하얀 자두꽃이 넘치고, 부드럽고 향긋한 냄새가 퍼집니다. 그 부드러운 향기는 벌과 나비를 유혹합니다. 그때 나는 아내의 손을 잡고 내년 봄에는 반드시 온 가족이 자두꽃을 보러 북쪽 국경을 방문하겠다고 약속했습니다.

이상하게도, 아내가 자두꽃의 계절에 관해 이야기한 직후, 내 상상 속에서 봄의 낭만적이고 감성적인 공간이 펼쳐졌습니다. 너무 생생해서 마치 우리 둘이 활짝 핀 자두나무 숲길을 걷는 기분이었습니다. 마치 아내가 가는 곳이, 바로 자두꽃이 피는 것 같은 느낌이 들었습니다.

문2 이 시에서 당신이 가장 좋아하는 구절은 어디입니까? 독자에게 한 구절을 보여주십시오.

마이반편 "나는 백마가 천천히 고개 숙여 너에게 다가가는 것을 상상한다."

시 속의 '백마' 즉 하얀 말의 이미지는 바로 '나'입니다. 나는 굴복하고 싶고, 자연에 감사하고, 내 사랑에 감사하는 착한 백마가 되고 싶습니다.

문3 당신의 시와 AI 문명과 매우 밀접한 관계가 있다고 생각하나요? 그렇지 않다고 생각하나요?

마이반편 AI 문명은 인간이 만들어냈고, 그것은 과거이며, 데이터베이스이고, 기억력 입니다. 더 정확히는 인간의 기억을 아주 충분히 담은 곳입니다. 그것은 또한 인간의 생생하고 유연한 기억 영역입니다.

그것은 사람들에게 죽음의 기억이 아닌 현재와 동행하는 기억, 기억의 역할을 상기시킨다. 상기시킵니다. 그리고 나의 시는 다른 공간과 시간에 나올 것입니다. 시는 항상 미래입니다. 즉 시는 AI 문명이 도래하기 전에 나타날 것이고, 그것을 지배할 것입니다.

문4 당신은 왜 계속해서 시를 쓰고 있습니까. 한마디로 말할 수 있겠습니까?

마이반편 시는 시인의 영혼에 비친 아름다움을 드러내고, 새로운 공간과 다른 삶을 창조하는 언어 예술로 사람들에게 발현되는 빛입니다. 그래서 나는 또 다른 삶을 살기 위해 시를 씁니다. 그 삶은 내가 사는 실제 삶보다 완전하고 아름답고 행복합니다. 그렇다면 내가 손을 놓으면 스스로 그 삶을 끝내는 것인가요?

문5 생태환경 파괴와 오염 문제는 인류 생존과 직접적으로 연관된 문제입니다. 일본 후쿠시마(福島) 핵폐수는 영구히 지하에 묻어야 할까요? 바다로 내보내야 할까요? 당신은 어떻게 생각하십니까?

마이반펀 우리의 삶이 아름다운지 아닌지는 환경 덕분입니다. 환경은 인간의 번식, 생존, 성장의 기초가 됩니다. 환경이 보존되어야만 인간의 삶이 안전하고 건강할 수 있습니다. 그러므로 환경보호는 바로 우리의 삶을 보호하는 것입니다. 하지만 환경 오염은 지금까지 지속하여온 문제이고, 난해한 문제로 해결이 쉽지 않습니다. 그것은 시간은 물론 인간의 노력도 필요합니다.

최근 몇 년 동안 많은 나라에서 생태 철학, 생태 신학, 생태 예술, 생태 문학 등 새로운 개념과 의식이 등장하고 형성되었습니다. 생태문학은 생태문화를 구성하는 중요한 부분입니다. 생태문화는 정치적 사고와 환경보호 제도에 너무 늦고, 불충분하게 진입했습니다. 생태문학이 형성된 때부터, 그것은 전 세계에서 생태문화의 발전을 촉진해왔습니다.

공동체로부터 인기를 얻고, 도움이 되는 생태 문학 작품들이 많이 나왔습니다. 그 작품들은 인간과 자연 사이의 관계에 대해 새롭고 깊고 다차원적인 목소리입니다. 지구상의 환경 파괴를 경고하고, 지구상의 생명을 구하는 긴급하고 절박한 목소리를 냅니다. 창작자들은 문학작품이 씨앗이어야 하고, 독자의 심혼과 꿈에 새싹을 틔우도록 해야 한다는 것을 확정할 필요가 있습니다. 그래서 그들이 스스로 사회의 자신의 생활 환경을 돌보고, 지키는 의식을 갖게 해서, 우리의 환경이 날로 푸르고, 깨끗하고, 아름답게 해야 합니다.

잠깐, 시인의 사진

당신이 자주 찾아가는 그곳(골목, 아이들, 시장, 호수, 책방)은 당신에게 어떤 곳이며 어떤 시상을 던져줍니까.

이것은 하이퐁 역으로 진입하는 철도로, 매우 좁고 기차가 종종 매우 느리게 운행됩니다. 길 양쪽에 아주 작은 카페와 찻집이 몇 개 있고, 나는 기차가 지나가기를 기다리며 그 카페에 앉아서 커피를 마시는 것을 매우 좋아합니다.

기차가 지나갈 때마다 그 카페 전체가 뒤집어질 듯 흔들립니다. 그것은 나에게 아주 재미있는 느낌을 줍니다. 마치 내가 진앙에 있는 것처럼……. 사진에는 큰 명절(아마 국경일, 남부 해방일, 베트남 공산당 창당일 등)이기 때문에 모든 집에 많은 베트남 국기가 걸려 있습니다.

자명종 시계(Đồng hồ báo thức)
호앙카잉(Hoài Khánh)

시침 아저씨는 신중하다
조금씩 조금씩 움직인다
분침 형은 무정하다
한 발짝, 한 발짝 간다

초침 아이는 개구장이다
줄 앞으로 껑충 뛰어오른다
세 바늘이 목적지에 이르면
종이 울린다.

호앙카잉(Hoài Khánh)
베트남 하이퐁에서 태어났다. 베트남 문인회 아동문학위원회 위원이다. 6
권의 동시집을 발표했고, 중앙과 지방의 여러 문학상을 받았다.

몇 가지의 문답,
호앙카잉이 말한다

문1 이번에 한국에 발표하는 시 「자명종 시계(Đồng hồ báo thức)」는 어떻게 얻은 것입니까?

호앙카잉 1988년 말 어느 날 오후, 하이퐁 방송국에서 편집 작업을 마친 후 집에 앉아 자명종 시계를 가지고 놀 때 문득 생각이 떠올랐습니다. 나는 시곗바늘을 돌려 알람이 울리게 했고, 벨이 울릴 때마다 상쾌함을 느꼈습니다. 나는 그 시곗바늘들이 정해진 시간에 이르면 함께 결합하여 알람을 울린다는 것을 알았습니다. 크고 작은 바늘과 느리게 또는 빠르게 달리는 바늘 세 개가 모두 다르지만 한 가지, 알람을 울리는 데 기여합니다. 4행 시가 탄생했고, 나는 귀납적인 방식으로 꽤 빠르게 시를 썼습니다. 그렇게 시는 등장했고, 운 좋게도 아이들을 위한 선물이라고 볼 수 있습니다.

문2 이 시에서 당신이 가장 좋아하는 구절은 어디입니까? 독자에게 한 구절을 보여주십시오.

호앙카잉 8행에 불과한 짧은 시와 4개의 구절이 네 개의 난으로 갈라져 있습니다. 물론, 나는 마지막 문장에 만족합니다. 왜냐하면, 시의 메시지가 여기 있기 때문입니다.
"세 바늘이 목적지에 이르면/ 종이 울린다".

문3 당신의 시와 AI 문명과 매우 밀접한 관계가 있다고 생각하나요? 그렇지 않다고 생각하나요?

호앙카잉 시계는 오늘날 우리에게 매우 친숙하지만, 인간 삶의 전환점 중 하나입니다.

역사와 인간의 삶을 반으로 나누면, 시계가 있기 전의 절반에서 시간이라는 개념은 상대적이며, 나이 역시 추정일 뿐이고, 인간은 자신의 삶과 활동을 정해진 시한 내에 완수해야 하는 것처럼 구분하지 않습니다. 반대로, 시계가 출현한 이후의 세계는 정확성, 정해진 시한, 인간의 대규모 협력의 세계이기도 하지만 또한 조급함으로 가득 찬 세계이기도 합니다.

시계는 기술이 인간의 삶을 얼마나 크게 바꿀 수 있는지를 상기시켜주는 것입니다. 만약 현재의 기술이 과거 사람들의 삶과 사회를 변화시킨 시계처럼 단순하고 익숙한 것처럼 보인다면, AI와 같은 고급 기술은 인간 사회를 얼마나 변화시킬까요?

시계 한 대가 경쟁을 일으키기에 충분했는데, AI는 더 치열한 경쟁을 일으킬 것입니다. 그리고 이것은 국가 간의 경쟁, 사람과 기계 간의 경쟁, 그리고 기계가 인간을 대체하는 세상에서 인간이 자기 자신과 스스로 경쟁하는 것이 될 것입니다.

문4 당신은 왜 계속해서 시를 쓰고 있습니까. 한마디로 말할 수 있겠습니까?

호앙카잉 나는 아이들을 위한 시를 창작하는 장점을 활용하여, 그 작은 시는 아이들의 가족과 친구 그리고 삶을 사랑하도록 돕는, 어린 아이들에게 주는 정신적 선물로 봅니다. 그 외에도 시를 통해서 아이

들이 언어 능력과 사고 능력을 기르고, 아이들의 인격을 개발하고 완성하는데 이바지하기 때문입니다

문5 생태환경 파괴와 오염 문제는 인류 생존과 직접적으로 연관된 문제입니다. 일본 후쿠시마(福島) 핵폐수는 영구히 지하에 묻어야 할까요? 바다로 내보내야 할까요? 당신은 어떻게 생각하십니까?

호양카잉 생태환경에 대해 언급할 때, 먼저 기억해야 할 것은 모든 행동이 서로 연결되어 있다는 것입니다. 인간이 환경을 파괴하거나, 다른 동물의 삶을 파괴할 때, 이러한 행동은 어떤 식으로든 인간에게 영향을 끼칠 것입니다.

그래서 문제를 묻는 접근이나 다른 곳으로 밀어내는 접근은 모두 일시적인 해결책일 뿐이고 심지어 더 심각한 문제들을 초래할 수도 있습니다. 후쿠시마의 오염된 물을 처리하기 위한 구체적인 해결책은 과학자들의 협의가 필요합니다.

그러나 나는 일본 정부와 국민이 자국의 문제를 바다로 옮기는 대신 세계 환경의 공동의 이익을 위해 진정으로 행동하는 일로부터 출발한다면, 합리적인 해결책이 될 것이라고 믿습니다.

잠깐, 시인의 사진

당신이 자주 찾아가는 그곳(골목, 아이들, 시장, 호수, 책방)은 당신에게 어떤 곳이며 어떤 시상을 던져줍니까.

베트남의 어느 골목에서 유모차에 동생을 태우고 형아는 걷게 해서 산책하는 베트남의 젊은 엄마의 모습입니다. 카메라를 바라보는 세 사람의 미소가 한없이 친근합니다.

장미밭에서 현을 튕기다(Gảy đàn bên vườn hồng)
응웬티투이링(Nguyễn Thị Thùy Linh)

꽃잎에 눈물이 쌓인 곳
누가, 아니면 이슬방울이 조용히 현을 튕긴다
바람이 흐느끼는 손가락을 스친다
내일 아침에 왜 봄이 지나갔냐고 물어야지
수많은 목소리, 향기로 가득 찬 존재
무엇으로 덮고, 어떻게 잊을까?
지구가 태양을 따라 돌 때.

튕기고 또 튕겨서 현이 팽팽하게
과거와 미래는 곡절(曲節)마다 윤회하고
만남은 헤어짐의 시작이고
나는 서둘러 길을 재촉한다
나를 과거의 거울로 비추니
가슴에 쏟아지는 비처럼 두드리는 음악 소리
떨어지는 나뭇잎이 심장을 찢어놓는다.

머물러야 하지만 내 그림자는 사방에 있으니
줄을 튕기면 전생의 아픔이고
장미의 눈물이 가득하고
향기로운 붉은 눈물이 정제된다.

이제 이른 아침에 꽃을 꺾는 농부는 없다
꽃이 다 날아가고, 꽃잎이 가라앉는다
향 다 날아가니 땅은 그리워한다
누가 앉아서 이슬방울처럼 현을 튕길까?

응웬티투이링(Nguyễn Thị Thùy Linh)
2016년 '조국과 교리'라는 68구체 시 경연대회에서 1등상을 받아 작품활동
을 시작했다. 현재 사우디아라비아 라에드 알 지시(Raed Anis Al-Jishi)의
시집 『그림자의 두 날개』 등을 번역했다.

몇 가지의 문답,
응웬티투이링이 말한다

문1 이번에 한국에 발표하는 시 「장미밭에서 현을 튕기다(Gảy đàn bên vườn hồng)」는 어떻게 얻은 것입니까?

응웬티투이링 우연히 한 소녀가 수탄호아(Sứ Thanh Hoa, 청화자, 青花瓷)'라는 곡을 연주하는 것을 들었을 때, 그 음악과 공간의 형언할 수 없는 에너지가 내 몸 안의 모든 세포를 강하게 진동시켰고, 나는 순간 내 몸이 장미꽃 잎 위의 이슬방울이 터져 완전히 부서지는 것 같은 느낌을 받았습니다.

아주 맑고 속세를 벗어난 듯, 침울하다가 조바심내는 현을 떨게 하는 손가락과 조화를 이루어, 그 소리가 나를 내가 그곳에 살았던 것 같으면서도 처음 발을 디딘 것처럼, 낯설면서도 익숙한 세계로 돌아가도록 재촉했습니다.

악기를 연주하는 소녀는 우아하고 아름다우며, 그녀의 죽순 같은 손가락은 현 위에서 춤추듯 날아올랐습니다. 모든 것이 축약되고 맑았습니다. 신선의 언어와 음악, 꽃잎이 그 공간에서 떠돌았고, 만물이 동시에 나타나고 동시에 사라졌으며, 오직 연약한 세상이 무너지는 것을 투명하게 볼 수 있을 뿐이었습니다.

시구들이 떨며, 그 상황에서 쏟아져나오는데, 마치 물줄기가 위에서 자연스럽게 흘러내리는 것처럼, 결코 돌이킬 수 없는 것과 다름없었습니다. 나는 단지 감동이 강렬할 때, 시어가 창작되고, 작은 세계로의 문이 열린다고 말할 수 있습니다.

문2 이 시에서 당신이 가장 좋아하는 구절은 어디입니까? 독자에게 한 구절을 보여주십시오.

응웬티투이링 내가 이 시에서 가장 마음에 드는 구절을 꼽자면 "어느 곳이 우리 몸을 그늘지게 할 때 어떻게 참아야 하는가"라는 구절입니다.

'수탄호아' 연주자는 우연히 나를 감동시키고 만물과 하나가 되는 데 도움을 준 사람으로, 감사를 드립니다. 자아가 없는 상태에서, 당신의 시선은 너무나 활수해서 구별할 수 없고, 당신은 그 어떤 고정된 곳에 머물거나 기댈 수도, 그러한 곳도 없다. 왜냐하면, 모든 곳이 당신이기 때문입니다. 이 세상에 당신이 있는 것처럼 당신의 숨결이 존재하고, 이 세상 역시 당신 속에 완전하게 존재합니다. 그렇다면 무엇을 더 찾아야 할까? 인생과 마음은 항상 혼란스럽고 피곤한 것인가?

과거, 현재, 미래도 하나일 뿐이고, 현금의 반복되는 악곡처럼 역할의 윤회도 단 하나의 반복에 불과합니다. 모든 매력은 안개처럼 희박하고, 결국 우리는 모두 긴 여정 끝에 가장 순수한 존재로 돌아가기 위해 우리 자신을 정화해야 합니다.

문3 당신의 시와 AI 문명과 매우 밀접한 관계가 있다고 생각하나요? 그렇지 않다고 생각하나요?

응웬티투이링 나는 항상 모든 문제의 긍정적인 면을 봅니다. AI는 오늘날 사람들이 수많은 프로세스를 처리하고 편리하고 다양한 도구를 대체할 수 있게 해주는 커다란 발명품이라고 말할 수 있습니다. AI는 모든 데이터를 통합한 우수한 두뇌로 평가받을 수 있고, 심지어 평가와 분석까지 할 수 있습니다.

내가 말할 수 있는 것은, 진정한 시는 마음의 샘으로부터 나왔다는 것입니다. 그 샘은 영혼의 소리, 빛, 풍미로 가득 차 있습니다. 그리고 시가의 지혜도 그로부터 자연스레 빛을 발합니다. 시에서 느낌이 대체되거나, 복제되거나, 위조될 수 있을까? AI는 다양한 삶의 영역을 위해 탄생했지만, 글을 쓰는 사람들에게 '감정(느낌) 은행'을 매끄럽고 풍부하게 하려고 스스로 내력을 키우고, 창작에서 뛰어난 시각을 갖지 못한다면, 신인은 프로그래밍 된 기계와 다를 바 없이, 지능과 판단으로 글을 게 될 것입니다. 그리고 그 산물은 AI가 빠르고 훌륭하게 만들 수 있는 대량 생산된 공산품과 유사할 것입니다.

문4 당신은 왜 계속해서 시를 쓰고 있습니까. 한마디로 말할 수 있겠습니까?

응웬티투이링 언어의 빛나는 폭포 줄기가 지구상의 어둡고 말라버린 영혼을 치유하고 감화시킬 능력이 있을 때, 시인도 존재하고 시가도 여전히 존재할 것입니다.

문5 생태환경 파괴와 오염 문제는 인류 생존과 직접적으로 연관된 문제입니다. 일본 후쿠시마(福島) 핵폐수는 영구히 지하에 묻어야 할까요? 바다로 내보내야 할까요? 당신은 어떻게 생각하십니까?

응웬티투이링 생태환경의 파괴와 오염은 우리 지구의 아주 심각한 문제입니다.

나는 어떤 회사의 환경담당 사장과 장시간에 걸쳐 얘기를 나눈 적이 있습니다. 그는 평생 아주 많은 고민과 함께 환경 문제를 처리하는 지도자의 책임을 다해왔습니다. 지금은 은퇴했지만, 그의 얼굴은 언제나 만족한 웃음을 띠는 때가 없었습니다. 그는 지구라는 어머니의 몸에 난 종양을 치료하거나 바꾸는 일은 몹시 어렵다는 것을 알기 때문입니다. 개인적으로 나는 할 수 있는 한 가장 작은 것부터 환경보호를 위한 적극적인 황동을 항상 지지해왔습니다.

시인들 역시 이 문제에 관해 현재의 환경에 대한 긴급한 메시지를 알리는 글을 쓴다. 씁니다. 그러나 그것이 우리가 할 수 있는 전부입니다. 그리고 위의 질문은 효과적이고, 가장 적은 영향을 끼칠 수 있는 환경오염 처리 방법을 연구하는 전문 과학자에게 양보합니다. 마치 당신이 전이된 종양이 사람의 몸에서 제거하려고 수술을 받아야 하는지, 아니면 몸 안에서 계속 공생하도록 두어야 하는지 묻는 것과 같다. 훌륭한 의사만이 그 문제에 관해 결정을 내릴 수 있습니다.

우리 인류와 이 지구에서 창조적 아름다움을 알리는 것을 좋아하는 시인들은 항상 생태계에서 환경 문제에 관한 가장 높은 의식이 있고, 청정의 삶, 청정의 생각, 청정에 관해 글을 씁니다.

잠깐, 시인의 사진

당신이 자주 찾아가는 그곳(골목, 아이들, 시장, 호수, 책방)은 당신에게 어떤 곳이 며 어떤 시상을 던져줍니까.

꽃 이름은 멕시코 피 튜니아인데, 꽃이 예 쁘고 생명력이 강해 서 보통 길가에 많이 심습니다. 이곳은 나 의 고향 하이퐁 짜프 엉 마을 입구입니다.

먼 변방의 관북 시인들

동한만(東韓灣)에서 꿈을 깬 아침의 기억과 희망*
고형렬

감청색 저녁, 어떤 언어의 부재, 은빛의 멍 하나씩을 찍고 철썩이는 물결, 사철 불어 자락마다 흔드는 해풍. 언제나 집이 없는 갈매기들, 앞이 안 보이는 밤. 문학의 꿈은 그런 것이 거울처럼 지나가는 장소에서 시작한다.

십 년에 한 번씩 문학사를 읽는 것 같다. 그곳엔 작품에 나오지 않는 뒷이야기가 있다. 소금 밀매업을 하는 집의 소년이 시인의 꿈을 꾸고 있었고 이웃 소년은 먼 미래에 여배우와 동거하게 되는 운명이 정해져 있었다. 동향의 전자는 한국전쟁 때 북으로 갔고 후자는 해방 직후 시집 한 권 내지 못하고 가난과 정신 이상으로 죽는다.

헤아릴 수 없이 많은 일이 하나하나 일어나는 것은 와야만 할 미래가 있기 때문이다. 잃어버린 것이 없는 자가 시와 소설을 쓸 리가 없다. 모든 것이 사라지고 없는 그 장소 안에서 문학은 그 생을 껴안는 글의 고통을 자처한다. 슬픔조차 가버린 뒤에 나타나는 상실의 감정은 일종의 선물이다. 사실 대부분의 문학은 이 감정과 서사 안에 있다.

관복의 시는 우리 시에서 색다르고 독자적인 모습을 가진 하나의 줄기를 형성했다. 그 시를 떠난 적이 없고 그들이 서가에서 벗어난 적이 없었다. 한 벌판이 설악과 금강의 동쪽에 펼쳐진 그곳이 동예의 땅이다. 그곳은 원산에서부터 양양까지 바다로 오금을 만들어 드리타

라슈트라(Dhṛtarāṣṭra)의 하늘에 끝없는 음악의 해조음을 실어나른다.

그 양양 위로의 관북 즉 함경은 시의 땅이다. 젊은 할아비와 할미가 사는 땅으로 해가 비추고 달이 비추는 거울의 나라이다. 장소가 없는 문학은 있을 수 없다. 바다를 기리고 산을 바라는 방식은 먼 곳으로 떠나면서 시작된다. 탐색과 기억이 위로받을 수 있는 곳은 사람의 마음과 우리가 살다가 죽은 장소뿐이다.

어느 날, 함경산맥과 개마고원이 모아져 바닷가 설악산맥으로 이어지는 것을 알았고 리만해류가 우리 바다 쪽으로 흘러오는 것을 보았다. 그 앎은 일종의 경이였다. 그것을 말해준 문학사는 그때까지 있지 않았다. 그 뒤로 조용한 산해(山海)의 읊조림을 들을 수 있었고 그것은 다름 아닌 바람과 나무와 해 그리고 사람과 물결이 뒤섞이는 소리였다.

그러한 발견과 보여줌, 사물의 호명과 자연의 응답 속에서 시인과 소설가의 꿈을 지니지 않은 소년의 마을이 있었을까. 언어를 의지하는 꿈은 이상향적인 형상을 그리고자 함에 있다. 즉 다른 곳으로 이동하려는 새로운 마음에서 비롯한다. 산책로의 아침 풀잎이 눈 속에서 새로워지는 것은 아직 우리의 언어가 그곳에 다 가닿지 못했기 때문이다.

시인들은 대부분 서울로 가서 문학 활동을 한다. 문학을 하기 위해 꼭 서울에서 산다기보다 생존을 위해 서울에서 살아간다. 그렇기에 우리의 문학작품은 대부분 서울에서 발표되고 출간된다. 하지만 그 오브제와 주제, 언어는 대부분이 고향의 것이다. 문인이 반드시 시골에서 살아야 하는 것도 아니고 서울에서 살아야 하는 것도 아니다.

우리 시의 빛나는 청춘이자 아버지인 소월은 몇 번 서울에 간 적이야 있겠으나 내내 고향에서 살았다. 그 산의 해는 짧았을 것이다. 하지만 어느 모로 보아도 그를 넘어선 시인은 아직까지 없다. 서울로 가지 말 것을 하고 후회한 적도 있겠지만 쓸데없는 일이었다. 서울은 늘 고단했고 회귀의 꿈만 키웠다.

그러한 꿈을 따라 우리는 백 년 넘게 떠돌았다. 지금도 유랑과 상실 의식은 우리 문학의 변함없는 주제이다. 무엇이 우리의 것을 빼앗아서 숨기고 버린 것일까. 이것을 분명하게 형상화한 뛰어난 문학도 아직 나오지 않았다. 모든 문학의 데옥시리보 핵산은 결국 슬픔이고 뱃속에 얼마의 알을 담고 떠나는 한 마리 연어의 시간과 같다.

그들의 식이와 산란 회유 속에 생의 시종과 열정, 생사의 순환이 있다. 그들은 늘 죽음으로써 탄생한다. 그것이 우리 문학의 씨앗이고 운명이다. 감히 연어의 생을 넘어설 생각은 하지 못했지만 그들이 살고 있는 담수에 들고 싶은 마음은 있었다. 그때 모든 방황과 실패들이 회귀를 꿈꾸는 저쪽 현실의 수렁에서 지낸 일들임을 알게 했다. 회귀의 꿈 없이는 써지지 않았고 살아올 수 없었다.

문학은 삶과 죽음의 중심으로 향하는 멈출 수 없는 해류이다. 모든 문학은 그것과 같이하는 대극(對極)의 기록이다. 모천으로 회귀한 연어가 거칠고 차가운 하상의 돌과 모래를 헤치고 구덩이에 알을 낳고 켈트가 되어 자신을 바치는 것처럼 모든 문학은 고향에 바쳐진다. 따라서 모든 문학의 본질적 저작권은 고향에 있다. 출생지의 살과 피, 뼈로 피류의 육체를 짜낸 당당한 이유 때문이다.

작품의 오브제며 문체, 사건, 인물, 장소뿐 아니라 사상과 언어, 운율, 이미지의 짜임새 모두를 볼 때, 문학의 중심은 서울이 아니고 지역이다. 언어의 고향은 해가 뜨는 바다이며 벼가 자라는 들녘이었다. 아름다운 감정을 발견한 대부분의 한국 시는 지역에서 탄생했지 서울이 아니다. 서울이 문학 자체의 캐피털(자본, 수도)이 아니듯이 김소월, 한용운, 설정식, 조운 등 모두가 서울 사람이 아니다.

언젠가 우리는 기억할 것이다. 처음 시적 언어가 날개를 달기 시작하던, 맞은편 한천(寒天)에 늦은 낮달 하나 묻어 있던 그 산모롱이를. 너무 오래 떠나 있던 고향 그 철부지의 땅, 거친 바람 속의 길. 늦은 덕에 걸린 파치 몇 마리의 흔들림, 기척이 아주 사라진 텅 빈 그 장소들. 그곳에서 시린 손을 비비며 아득해지는 강설을 바라보던 저녁의 기억이 있을 터. 그렇게 돌아갈 장소조차 없는 시인들이 그곳에 있다.

나의 마음에는 늘 다른 길이 나 있었다. 영북의 길 위에 정금 열매의 언어를 잘 익힌 시인들이 있었다. 다른 길로의 지리적 공간의 상상을 제공하고 영북과 문학사적 산줄기를 이은 시인 군(群). 이들이 시가 지향하는 방향에 대한 탐구는 없었다. 먼 변방과 경계, 바다를 떠올리면 적막하기만 하다.

어느 날, 동안만 안쪽에 바다를 향한 시인들의 시비가 줄 서 있는 아름다운 아침을 꿈꾸었다. 배시시 눈을 여는 아침 햇살과 긴 석양이 찾아가는 곳은 그 시인들이 서 있는 해변이었다. 그곳엔 먼 미래의 눈매가 세로로 음각된 글자를 내리읽으며 이야기를 나누고 있었다. 단순한 지리적 동한만이 관북과 영북이 껴안는 시사적 공간으로 바뀌는 순간이었다.

수많은 고봉을 거느리고 동쪽으로 이마를 연 찬란한 동해의 먼 북쪽은 김광섭(경성), 김규동(경성), 김기림(성진), 김동환(경성), 김종한(경성), 윤동주(함북 용정), 이용악(경성), 이찬(북청), 한하운(함흥), 함형수(경성) 등 파란만장한 영예의 시인들이 태어난 곳으로 가히 우리 시의 북방 영토라 할 수 있다.

특히 경성(鏡城)은 반도의 시작인 두만강 물머리에서 동해로 쏟아져 나오는 시의 도시였다. 그뿐이 아니다. 만해(홍성), 백석(정주), 조운(영광) 등도 이 지역에 와서 남긴 작품의 형상과 정신은 범접하기 어려운 한국 시사의 준봉을 이루었다. 대간이 서 있는 변방의 작은 시편들은 어떤 기슭에서도 모든 삶을 향한 화답을 위해 수평선을 바라보게 한다.

이 시인들이 일출의 함경산맥을 따라 금강과 설악의 동한만을 껴안고 내려오는 모습은 환상적이었다. 늘 샛바람이 불어주는 금강의 오금 안에서 흐느끼고 기뻐했던 우리 시의 사랑은 그들에 의해 지극에 이르렀다. 그 시들이 자기를 읽는 그 눈길이 우리네 삶의 길일 것을 믿어 의심치 않는다. 설정식이 달이 속초 바다의 달이고 오랑캐꽃은 나 자신의 꽃이다.

우리의 자연과 마음에 명시를 남긴 관북 시인들은 오랜 시간이 흘러도 다른 나라의 아침 나팔꽃 그늘 곁에 서 있는 것 같다. 그들은 자신의 시로써 누가 추모하지 않아도 외롭지는 않다. 정지한 길 너머 해안의 방파제에 검은 바닷물이 부딪치며 허공으로 치솟아 흰 파도를 일으킨다. 한없는 시적 갈망의 모습이다.

동북으로 꺾어져 높이 올라간 함경도와 금강산에서 동남으로 뻗어 내려와 설악을 떠받치는 장대한 '이곳'은 한 영혼의 뼈대이다. 양양에서 원산까지 192.6킬로미터의 동해북부선, 원산에서 경성군 주을읍과 경성읍 사이의 생기령까지 666.9킬로미터의 함경선. 백 년 동안 그 오른쪽 창가엔 한 시인이 앉아 있었을 터. 그가 우리 모두의 얼굴일 것이다.

해는 언제나 이 땅의 아침을 비추고 또 저녁을 살핀다. 영북과 관북에만 있는 그 석양의 햇살이고 생명의 선이다. 만경창파를 내다보는 장대한 산세의 어느 자락과 기슭에 시는 산음(山陰)처럼 잠들었다. 그 고요 속에서 모든 소리를 다시 들으리라 약속한다. 시는 쓸쓸해도 괜찮다. 시인들은 모두 그렇게 쓰고 떠났기 때문이다.

그가 누구든 돌아갈 때 자기의 본모습을 보여준다. 그 시인들은 출생지로 회귀하는 객지의 상처이고 유랑의 꿈이다. 폭력에 저항했으며 지역의 땅과 바람에 영원한 순종을 자청한다. 이보다 아름다운 일은 없을 터이다. 영북의 해안에 서 있는 그 시인들을 상상하면 풍경이 고요하기 이를 데 없다.

함형수, 김기림, 이용악, 윤동주, 설정식의 시를 하나의 카테고리에 넣고 다시 읽는다. 그들에겐 우리가 겪은 전쟁과 산업화의 팔십여 년의 고통이 없다. '식민지분단후진국'이란 악순환을 벗어나는 이행은 새로운 갈등과 희생, 다변을 낳을 수밖에 없었다. 그만큼 언어의 메커니즘은 다채롭고 난삽해졌고 소외의 깊이는 깊어지고 해탈의 욕망은 치열해졌다.

그들의 작품이 남긴 간결성은 그러나 지금의 우리 시는 따라갈 수가 없다.

우리가 언제 시를 썼던가, 그리고 사랑했던가, 기뻐했던가
너무나 아름답고 슬픈 가을이어서 길 한가운데 서 있다
– 졸시 「간성(杆城) 길에서」

시가 씨앗처럼 작아지는 것을 느끼면서 비유 하나를 들고 마치고자 한다.

유동성 박테리아(시)는 위쪽으로 유영한다. 이 세포들은 당에 대한 그들의 노출을 증가시키는 정향점(定向点)—가장 큰 당 농도의 영역을 향해서 앞으로, 변화도 위쪽으로 유영하는 지점—을 마주칠 때까

지 이리저리 굴러다닌다.

이 행동은 박테리아 막 안의 분자적 수용기(受容器, 일종의 망)를 통해 국지적 환경 속에서 당의 농도를 화학적으로 감각할 수 있기 때문에 일어난다.

박테리아(시)는 프로펠러와 같이 편모를 조정해서 회전시킴으로써 앞으로 이동할 수 있다. 물론 이 박테리아는 자기생성적이다. 박테리아는 또한 동역학적 감각운동 회로를 신체화한다.**

이것이 '몸이 된 마음(The Embodied Mind)'이다.

유마(維摩)의 불이(不二)와 멀리서 상통한다. 타자는 적이다(사르트르) 같은 말도 그런 구멍에서 나온 말이다. 에반 톰슨은 "모든 것(부분과 전체)은 동등하게 실재적이고 그 무엇도 절대적인 존재론적 우위성을 가지지 않는다"고 말한다. 새로울 것이 없어도 틀린 말이 아니다.

중심과 주변부, 껍데기와 알맹이, 전체와 부분은 일체(一體)이다. 박테리아는 자기를 밖에 있는 '나'에게 제공하고 사라진다. 박테리아 시인은 자신은 언어의 그림자를 남기고 사라지는 또 하나의 기억이라고 말한다. 이 출현과 작용과 소멸, 미지의 재생은 순환 사유이자 현상적 창발(創發, emergence, 발생, 출현)로서 생명의 환희이다.

육체가 된 마음이 생명의 작용이다. 그 생명의 작용이 삶이다. 육체 안에 흐름과 흔적, 소리 등이 있으니 그 움직임이 언어이다. 그 언어의 메타포가 '시'가 된다. 생명의 언어는 절대 허무 속에서 아름다움을 나타낸다. 그러지 않으면 벽돌이 된다. 삶은 의미를 형성하는 과정이며 끝(목적)을 향하지 않고 놀며 남기지 아니하고 자신을 사라지게 한다. 그것만이 실체이다.

고성 건봉사 경내를 한 바퀴 돌면 분별이 사라진다. 아뢰야식 같은 육체의 어둠 속에 갇힌 미명의 생명작용(마음)을 보는 것은 불가능하다. 누구나 그럴 땐 꼭 길을 잃은 것 같은, 설악의 해가 입산한, 모두 가고 없는 듯한 개밥바라기 저녁이다.

고성군 거진읍 냉천리 소재의 건봉사(乾鳳寺)는 한용운 선사가 만해(卍海)란 법호를 받은 곳이다.

변방 지역의 언어에서 시인은 하나의 정신적 주체와 몸의 가족이 된다. 문합한 새는 나뭇가지에 올라가 밤을 맞는다. 아무리 시간이 흘러가도 영북은 영북에 서 있고 관북은 관북에 서 있다. 언어와 시인의 출생지와 지역 시인의 탐구와 추모는 중요하다. 고성(高城) 건봉사(乾鳳寺)를 지나가는 아진제의 시간이 시를 길에 세워두었다.

---

* 이 글은 2023년 7월 17일 간성읍에서 개최한 고성문학회 특강 내용임을 밝혀둔다.
** 생물학자인 프란시스코 바렐라(Francisco Varela)는 에반 톰슨(Evan Thompson)의 동지였으나 2001년에 C형 간염으로 파리에서 사망했다. 에반 톰슨은 혼자 저술한 "인지과학과 인간경험(Cognitive Science and Human Experience, 1991sus)"에서 그의 '당의 먹이 변화도'를 소개했으며 그 내용은 「생명 속의 마음」 (2016, 박인성, b)에 있다. '박테리아(시)'는 필자 표시임.

관북 시인 5인선

* 다섯 편을 하나의 정신 구조로 시로 보았으며 시의 순서는 작품 발표 연대순으로 했다.

해바라기의 비명
— 청년 화가 L을 위하여

함형수(咸亨洙)

나의 무덤 앞에는 그 차가운 빗(碑)돌을 세우지 말라.

나의 무덤 주위에는 그 노오란 해바라기를 심어 달라.

그리고 해바라기의 긴 줄거리 사이로 끝없는 보리밭을 보여 달라.

　노오란 해바라기는 늘 태양같이 태양같이 하던 화려한 나의 사랑이라고 생각하라.

　푸른 보리밭 사이로 하늘을 쏘는 노고지리가 있거든 아직도 날아오르는 나의 꿈이라고 생각하라.

(1936. 11, 『시인부락』 창간호)

열일곱 편의 시를 발표한 함형수는 남긴 시집이 없다. 해방되었을 때, 고향인 경성(鏡城)에 머물고 있었으며 극심한 정신 이상증에 시달리다가 사망했다고 한다.

바다와 나비

김기림(金起林)

아무도 그에게 수심(水深)을 일러준 일이 없기에
흰나비는 도무지 바다가 무섭지 않다.

청(靑)무우밭인가 해서 내려갔다가는
어린 날개가 물결에 절어서
공주처럼 지쳐서 돌아온다.

삼월달 바다가 꽃이 피지 않아서 서글픈
나비 허리에 새파란 초생달이 시리다.

(1939.『여성』)

김기림은 스물일곱(1937년)에 작고한 이상이 남긴 작품들을 모아서 1949년에 『이상선집』(소설 3편, 시 22편, 수필 6편)을 출간했다.

오랑캐꽃

이용악(李庸岳)

— 긴 세월을 오랑캐와의 싸움에 살았다는 우리의 머언 조상들이 너를 불러 '오랑캐꽃'이라 했으니 어찌 보면 너의 뒷모양이 머리태를 드리인 오랑캐의 뒷머리와도 같은 까닭이라 전한다—

아낙도 우두머리도 돌볼 새 없이 갔단다
도래샘도 띳집도 버리고 강건너로 쫓겨갔단다
고려 장군님 무지무지 쳐들어와
오랑캐는 가랑잎처럼 굴러갔단다

구름이 모여 골짝 골짝을 구름이 흘러
백년이 몇 백년이 뒤를 이어 흘러갔나

너는 오랑캐의 피 한 방울 받지 않았건만
오랑캐꽃
너는 돌가마도 털메투리도 모르는 오랑캐꽃
두 팔로 햇빛을 막아줄께
울어보렴 목놓아 울어나 보렴 오랑캐꽃

(1939.10, 『인문평론』)

이 제비꽃이 필 때쯤 오랑캐들이 자주 쳐들어와서 이 꽃을 오랑캐꽃이라고 부르기 시작했다는 설도 있다.

별 헤는 밤

윤동주(尹東柱)

계절이 지나가는 하늘에는
가을로 가득 차 있습니다.

나는 아무 걱정도 없이
가을 속의 별들을 다 헤일 듯합니다.

가슴 속에 하나둘 새겨지는 별을
이제 다 못 헤는 것은
쉬이 아침이 오는 까닭이요,
내일 밤이 남은 까닭이요,
아직 나의 청춘이 다하지 않은 까닭입니다.

별 하나에 추억과
별 하나에 사랑과
별 하나에 쓸쓸함과
별 하나에 동경과
별 하나에 시와
별 하나에 어머니, 어머니,

어머님, 나는 별 하나에 아름다운 말 한마디씩 불러봅니다. 소학교
때 책상을 같이 했던 아이들의 이름과, 패(佩), 경(鏡), 옥(玉) 이런 이

국 소녀들의 이름과, 벌써 아기 어머니가 된 계집애들의 이름과, 가난한 이웃 사람들의 이름과, 비둘기, 강아지, 토끼, 노새, 노루, 프랑시스 잠, 라이너 마리아 릴케 이런 시인의 이름을 불러봅니다.

이네들은 너무나 멀리 있습니다.
별이 아스라이 멀듯이.

어머님,
그리고 당신은 멀리 북간도에 계십니다.

나는 무엇인지 그리워
이 많은 별빛이 내린 언덕 위에
내 이름자를 써 보고
흙으로 덮어버리었습니다.

딴은 밤을 새워 우는 벌레는
부끄러운 이름을 슬퍼하는 까닭입니다.

그러나 겨울이 지나고 나의 별에도 봄이 오면
무덤 위에 파란 잔디가 피어나듯이
내 이름자 묻힌 언덕 위에도
자랑처럼 풀이 무성할 거외다.
            (1941. 11. 5. 1948년, 시집 『하늘과 바람과 별과 시』)

윤동주의 고향은 북간도 용정의 명동이지만 그곳은 백두산 동북쪽의 함경북도 권이라고 할 수 있다.

달

설정식(薛貞植)

바람이

모든 꽃의 절개를 지키듯이

그리고 모든 열매를 주인의 집에 안어들이듯이

아름다운 내 피의 순환을 다스리는

너 태초의 약속이여

그믐일지언정 부디

내 품에 안길 사람은 잊지 말어다오

잎새아 가장귀라 불고 지나가도 종내사

열매에 잠드는 바람같이

바다를 쓸고 밀어 다스리는

너 그믐밤을 가로맡은 섭리여

그 사람마자 나를 버리더라도 부디

아름다운 내 피에 흘러들어와

함께 잠들기를 잊지 말어다오

(1947년, 시집 『종(鐘)』)

설정식은 미국에서 영문학을 전공했으며 해방 직후에 미군정청에서 근무한 적이 있으나 1951년 정전 회담 때는 북측 통역을 맡은 적도 있었다.

쉰다섯 번째 시평(詩評, SIPYUNG), 첫 번째 앤솔러지《아시아 포엠 주스》

몇 개의 문답과 서른여섯 명의 시인과 서른여섯 편의 시

1판 1쇄 발행	2024년 3월 10일
편저자	고형렬
발행인	윤미소
발행처	(주)달아실출판사
책임편집	박제영
편집위원	김선순, 이나래
디자인	전부다
법률자문	김용진, 이종진
주소	강원도 춘천시 춘천로 257, 2층
전화	033-241-7661
팩스	033-241-7662
이메일	dalasilmoongo@naver.com
출판등록	2016년 12월 30일 제494호

ⓒ 고형렬, 2024
ISBN 979-11-7207-005-2 03810